河出文庫

死は、ど真ん中に転げ落ちて

女子大小路の名探偵

秦 建日子

CONTENTS

Detective of Joshidaikoji

プロローグ 7

第1章 11

第2章 81

第3章 155

第4章 229

エピローグ 305

あとがき 314

死は、ど真ん中に転げ落ちて

女子大小路の名探偵

Detective of Joshidaikoji

プロローグ

「殺す」

「マジで殺す」

「ぶっ殺す」

　これまでの人生で、広中美桜《ひろなかみお》はこれらの言葉を千回近くは口にしたと思う。

　当たり前だが、本当に殺す訳ではない。

　キスしようとした男の鼻骨を頭突きで折ったり、押し倒そうとした男の向こう脛《ずね》をローキックで折ったり、更に階段の上から殴り落としたり、鳩尾《みぞおち》への正拳突きで周囲の床を男の吐瀉物《としゃぶつ》まみれにしたこともあった。だが、それらはすべて「殺し」ではない。美桜には美桜なりの「加減」というものがあり、これまでずっとそれを大切にしてきた。だが……

「殺すぞ、貴様！」

　そう叫んだ瞬間、美桜は気がついた。

（私は、本気だ……）

　それは、広中美桜の三十三年の人生で、初めての感覚だった。十メートルほど離れて立っている男。その男を睨《にら》みながら、美桜は思った。

（こいつは、殺す。こいつだけは、絶対に、私の手で殺してやる）

この期《ご》に及んで、相手の男はまだヘラヘラと緊張感の無い笑みを浮かべていた。

ダッシュで間合いを詰める。右ストレート。男は頭を傾けて避《よ》ける。左拳で斜め下から男の顎《あご》を狙う。が、それも男は少し背を反《そ》らすだけで避ける。そして、両手でトンと優しく美桜の両肩を押すと、自分もトトトンと軽やかなバック・ステップで距離を取った。

「確かに俺は、殺されても仕方のない男だと思う」

男が、やけに優しい声で言う。

「でも、君に人殺しはさせたくないんだ」

美桜は、男の良い人ぶった物言いに激しい怒りを覚えた。

「クソ野郎はクソ野郎らしく振る舞いやがれ！」

再びダッシュで間合いを詰める。飛び膝。それを躱《かわ》されると、体を捻《ひね》りながら男の胸に足刀を叩き込む。が、男は両の掌《てのひら》で美桜の蹴りを柔らかく受け、その蹴りの力を利用してするりと体を入れ替えた。男の笑顔。美桜の頭に血が上る。ぶんぶんと両手を左右に全力で振る。男はスウェーとダッキングで避ける。美桜の体が横に流れかける。それを左足で踏ん張り、男の向こう脛に渾身《こんしん》の蹴りを見舞う。男はフワッと飛び、美桜を嘲笑《あざわら》うように、後ろ向きに宙を一回転してみせた。

「ちょこまか逃げてんじゃねえぞ、てめえ！」

美桜が凄む。男は困ったような表情をして言った。

「ごめん。君の攻撃があんまり痛そうなんで、身体が勝手に避けちゃうんだ。俺、その……弱虫だから」

そして、付け加えた。

「あ、でも俺のお願いを一つ聞いてくれたら、黙って君に殴られても良いけど」

「お願いだと？」

睨み付けながら、美桜はまた間合いを詰めていく。ここで、この場で、この男の息の根を止めるのだ。殺してやるのだ。あたりを見回す。美桜から左に大股で三歩くらいのところに、のぼりが複数立っていた。

「てめえが私に、今更何をお願いしたいっていうんだ？　あ？」

言いながら、「大北海道展」とカラフルに印字されたそれを、美桜は一本引き抜いた。このくらいの長さがあれば、あの男をきっと殴れる。

「きっと君は怒ると思うんだけど」

「私はとっくに怒ってる」

美桜は、また一歩、間合いを詰める。

「でも、これは、俺の心からのお願いなんだ」

そして、男は、両手を広げて、言った。

「美桜。君を、この手で抱きしめたい」

第1章

Detective of Joshidaikoji

1

真っ赤な軽のミニバンが一台、茶畑の中の道を走っていた。

季節は夏。時刻は十九時。空は夕焼けの名残で茜色《あかねいろ》に染まり、山の稜線は既に重たい鈍色《にびいろ》のシルエットとなっている。広中美桜は、助手席からそれらをぼんやりと眺めていた。シンプルな白無地のTシャツ。細く、しかし程良く筋肉質のしなやかな脚にフィットしているダメージ・ジーンズ。靴はいつもはジョギング・シューズかサンダルなのだが、今日はグレイスのチーママの萩原《はぎわら》みさきから、

「せめてパンプスくらいは履いてよ?」

と念押しされてしまったので、嫌々従っている。

(私ってば、いったい何をしてるんだか……)

これも、仕事の一環なのだとは理解しつつ、美桜の心は沈む。そもそも店外デートはしないという条件でグレイスには入店したのだ。相手が誰であれ、同伴もアフターもこれまではすべてお断りしてきた。今夜が、柳ヶ瀬《やながせ》で働くようになってから初めて

の「例外」である。

(心、弱ってるんだろうな、私)

そんなことをつい考える。

三十代に突入してからいきなり訪れた初恋。ひょんなことから、とある殺人事件に一緒に関わった。共に危険な体験をし、その過程で、彼には既に生涯を約束したパートナーがいることを知った。それも同性の……男性のパートナーだ。事件は無事に解決したが、恋は無惨に潰《つい》えた。幼い頃から「当たって砕けろ」を信条にしてきた美桜だったが、初恋だけは当たる前から砕けた。そして、心が弱っていることをみさきママに見透かされ、隙を突かれ、まんまとこんなデートをセッティングされてしまったのだった。

ため息をつきながら、美桜は運転席を見る。メタボリック・シンドロームの説明画像にぴったりの男がハンドルを握っている。望月康介《もちづきこうすけ》。弁護士。身長百九十センチ。体重は本人も把握していない。腕にも足にも筋肉らしきものは見当たらず、胴体に比して情けないほど細く、その分、腹はパンパンに膨らんでいる。本人は自分の見た目を、

「『トトロ』に出てくるネコバスに似てるってよく言われます♡」

と、説明するが、それはネコバスに失礼だと彼を知る誰もが思っている。

数日前。いつものように、美桜は自宅からジョギングでグレイスに出勤した。タマミヤ商店街から柳ヶ瀬までは、走れば約二十分。店内では、ドレス姿のピアニストがジャズのスタンダード・ナンバーを弾いている。開店と同時に来店していた望月が、美桜を見つけて自分のテーブルへと手招きした。

「美桜ちゃん、美桜ちゃん。ぼくの『レッド・チェリー号』、走行距離が五千キロを超えたよ。なので早速、一回目のオイル交換をしたんだ。こまめなオイル交換は高燃費の維持には欠かせないからね。限りある化石燃料を無駄に消費しないよう、ぼくは普段から意識高めのドライバーでありたいと思っているんだ」

それが、その日の望月の第一声だった。そして、

「これで、美桜ちゃんが助手席に乗ってくれれば、最高オブ最高なんだけど……」

と、大きな体を前にかがめ、上目遣いに美桜を見つめてきた。ちなみに、望月はもともと高級外車で女の子の気を惹こうとするタイプで、ダイハツ・タントの前に乗っていたのはランボルギーニ社のカウンタックだった。が、美桜が「私はエコなファミリーカーにしか興味が無いんで」と望月の誘いを切って捨てたので、その日のうちに彼はカウンタックを売却してエコな軽のミニバンに乗り換えたのだった。

「これで、美桜ちゃんが助手席に乗ってくれれば、最高オブ最高なんだけど……」

まったく同じセリフを、望月はもう一度口にした。

美桜は、客の誘いを断る時、取ってつけたような嘘は言わない主義だった。微笑《ほほえ》むだけで、黙って聞き流す。それで、客は断られたのだと察する。いつもなら。なので、その日もいつものようにした。が、その日は、チーママのみさきが、二人の会話に割って入ってきた。

「美桜ちゃん。今週末は何か予定はあるの？　たまには、望月先生の車でドライブなんてどう？」

「はい？」

それからみさきは、美桜の耳元に顔を寄せ、こう呟《つぶや》いた。

「美桜ちゃん。弟さんが事件に巻き込まれた時、望月先生にはたくさんお世話になったんじゃないの？」

「う……」

「それどころか、望月先生の命を危険に晒《さら》したとか」

「や、命の危険は言い過ぎだと思うんですけど」

美桜の反論を、みさきはスッと人差し指を立てて止めた。

「美桜ちゃんのマイルールは私も知ってる。でもね……」

みさきは、美桜の目を見て静かに言った。

「お世話になったらお礼をする。借りを作ったらきちんと返す。私、美桜ちゃんには、そういう女性であって欲しいわ」

「う……」

こうして、美桜と望月の初デートは決定したのだった。


茶畑を抜け、池田山の山頂へと続く道を上る。と、ほどなく「桜坂」という看板が見えてくる。眺めの良い中腹にポツンと佇《たたず》む木造平屋のレストラン。駐車場には、先客の車が一台停まっていた。マット・ブラックのポルシェ・カイエン。望月は羨ましそうにそれを見つめたが、すぐに美桜の方を振り返り、

「このクルマも、市街地ではリッター十キロも走れないんだよ。エコじゃないよね。地球の敵だよね」

と媚《こ》びたような声を出した。そして、小走りに店に向かうと、美桜のために恭《うやうや》しく入り口のドアを開けた。彼に小さく頭を下げ、店の中に入る。ふわっと、食材のほのかな良い香りが美桜を包み、彼女の鼻を控えめにくすぐった。

「ここ、初めて来たんだけど、ネットでの評価がすごくてさ。料理が素晴らしいのは当たり前で、その上、夜景も最高だって。あ、でも、美桜ちゃんが横に座ってたら、ボク、美桜ちゃんばっかり見ちゃって夜景は目に入らないかもだけど。てへっ♡」

(いい歳した男が『てへっ♡』とか言うな。『てへっ♡』とか)

美桜は心の中で毒づいたが、チーママのみさきの顔を思い浮かべて口には出さなかった。カウンター席だけの店内は、席数を厳選している分、一人ひとりの客のスペースはゆったりと確保されている。カウンター席の正面には、横は店の全面、縦も腰高から天井に届くほどのガラス窓。どの席からも、濃尾《のうび》平野の美しい夜景が特大のパノラマ写真のように眼前に広がる。季節によっては、小川のほとりを蛍《ほたる》も舞うとか。そして、遠くに金華山《きんかさん》。その山頂でライトアップされている岐阜城までくっきりと見える。美桜は、夜景にキャーキャー騒ぐタイプの女子ではまったくないのだが、ここからの景色には胸がときめいた。そしてまた、考えないようにしていることを考えた。

（このお店に、畦地《あぜち》先生と来たかったな……）

そしてすぐに、その思考を脳から振り払う。

「お飲み物はどうされますか？」

店主が尋ねてくる。望月は、運転があるのでノンアルコールのカクテルを頼む。美桜は、

「おすすめの日本酒をぜひ」

と、答えた。「桜坂」は洋風と和風の両方を取り入れた創作懐石料理のお店で、料理に合わせて抜群に美味しい岐阜の地酒を出してくれると、望月が道すがら何度も言っていたからだ。

「ちなみに、お酒のお好みはございますか？」

「そうですね。今日は、飲んだ瞬間からパーッと楽しい気持ちになれるようなお酒を飲みたいです」

「なるほど。しばしお待ちください」

美桜のリクエストを聞くと、店主は一度奥に引っ込んだ。そしてすぐ、一升瓶を手に戻ってきた。

「日本一小さい酒蔵と言われています、杉原酒造さんの千代の花。純米吟醸しぼりたて。飲んだ瞬間から、パーッと楽しい気持ちになれるようなお酒でございます」

最初の一杯は、店主が注いでくれた。ガラスの酒器を手に取ると、横からニュッと、ノンアル・カクテルを持つ望月の手が伸びてきた。

「君の瞳に乾杯♪」

カチンと酒器と酒器がぶつかる。店主は、望月の気障《きざ》な仕草は見なかったかのように、スッと料理の支度に戻る。

(畦地先生。末永く、お幸せに)

美桜は心の中でそう呟いた。そして、飲んだ。

店主おすすめの酒は実に美味だった。

美桜の左隣りは四十代くらいの夫婦だった。夫は細身で筋肉質で、仕立ての良いスーツと、糊の利いた白いシャツを身に纏《まと》っていた。妻の方は、上品なベージュのワンピース。夫に比べると、少し地味な印象を美桜は受けた。

「奥様も、同じもの、お試しになりますか?」

美桜が飲むのをじっと見ていたのだろう。店主が妻の方に声をかけた。彼女はパッと嬉しそうに表情を綻《ほころ》ばせたが、彼女が答えるより早く、夫の方が返事をした。

「いいえ、結構です。妻は、前に一度、日本酒でだいぶ酔ってしまったことがありまして」

妻は顔をやや強張らせながら、

「だいぶって……ほんの少し、声が大きくなったくらいのことでしょう?　それに、もう二年も前のことなのに」

と、小声で抗議をした。が、夫の方は妻の気持ちを意に介す気は無いようだった。

「君は、自分に少し甘いところがあるからね。妻の節度を守るのも夫の役目だよ。今日は、コースに合わせて白ワインと赤ワインをグラスで一杯ずつ。それが君の適量だ」

「でも……」

「僕の言ったことが聞こえなかったのかな?　君は、耳が悪いのかい?」

「……」

夫の言葉に、妻はそれ以上の抗議を諦めた。夫はふふんと口角を上げると、

「それに、ぼくは日本酒の香りは苦手でね。相手の好みを尊重するのも大人のマナーだろう？」

と、妻の目を覗き込むようにして言った。妻は黙ったままだった。店主は『千代の花』の一升瓶を冷蔵庫にしまうと、料理の続きに戻った。

美桜はしばらく、今の夫婦の会話について考えていた。右隣りでは、望月がどうでも良い蘊蓄《うんちく》を語っていたが、美桜の耳には入ってこなかった。

やがて美桜は、夫の方に声をかけた。

「そういえば、外のポルシェ、あなたのですか？」

今度は、夫が顔を綻ばせた。自慢の車なのだろう。

「はい。そうです。車、お好きなんですか？　あ、ぼくらが飲んでいることならどうかご心配なく。帰りはきちんと代行を呼びますから」

と、上機嫌な声を出した。美桜は手を軽く振って、

「いえ。実は、外のポルシェ、室内灯が点《つ》きっぱなしになっていました。あのままだと、バッテリーがあがっちゃうかも」

「え？　本当ですか？」

夫は大きく目を見開き、確認のために、バタバタと外に出て行った。美桜は店主に、

「トイレ、どこですか?」

と尋ねると、望月に、

「先生。ちょっとだけ失礼しますね」

と言って、席を立った。


男は慌てた様子で駐車場に来たが、彼の愛車は、室内灯もヘッドライトもきちんと消えていた。

「ちっ。勘違いかよ」

舌打ちをしながら、店に戻ろうと振り返ると、店から美桜が出てきた。

「?」

彼を睨む眼光が鋭い。その不穏な佇まいに男が気圧《けお》されていると、美桜は静かに彼に近づき、低く小さな声で言った。

「おまえは今夜、牛乳だけ飲め」

「は?」

何を言われたのか、男は理解出来なかった。と、美桜は男の鳩尾を拳で軽く押しながら言った。

「私の言葉が聞こえなかったのか？　おまえは耳が悪いのか？　牛乳だよ。おまえは今夜、ずっと牛乳だけだ」

「はあ？　何をバカな（ことを）」

最後までは言わせてもらえなかった。拳で押したのと同じ場所に、美桜が強烈な膝蹴りを叩き込んだからだ。

「グハウッ！」

激痛に胃を押さえうずくまる男。美桜は、男のよくセットされた髪を左手で乱暴に掴《つか》むと、グイッと彼の顔を上向きにさせた。そして、男の目を覗き込みながら言った。

「私はおまえみたいな男が嫌いだ。隣りに座る人間の好みを尊重するのも大人のマナーだろう？」

「え……あ……あ……」

「わかったか？　わからないなら、次は顔を蹴るぞ」

「い、いえ、ちゃんと、わかりました……」

男は敬語で答えた。

「そうか。なら良い。あと一分待ってから、普通の顔をして戻ってこい」

美桜はそう言って、男の髪から手を離した。

「あ、席に戻ったら、彼女には『竹雀《たけすずめ》』をご馳走しろ。びっくりするほど旨いから」

その後は、平和だった。

料理はすべて美味だったし、隣りの夫婦も傍目《はため》には何の違和感もなく、仲良く食事をしていた。夫はずっと牛乳を飲み、妻は店主のおすすめの日本酒を何種類も楽しんだ。妻は元々お酒が強いらしく、ほんの少し表情が晴れやかになっただけで、酔って醜態を見せたりはしなかった。望月はすべての料理で、

「出来れば大盛りでお願いします」

とリクエストをし、完食後は、

「幸せだー！」

と何度も腹を撫でながら言った。


帰り道。漆黒の山道から、麓《ふもと》の茶畑のワインディング・ロードへ。美桜は、車窓からの景色をぼんやりと眺めながら、

（あれは、八つ当たりもあったかな……）

と、心の中で反省した。

（膝蹴りは、やり過ぎだったかも……）

突然、運転席の望月が、いつもより落ち着いた声で訊いてきた。

「美桜ちゃんが普通の男の人よりも男っぽいのは、やっぱり、弟くんのためだったりするの？」

「はい？」

「や、美桜ちゃん、前にさ、『自分たちがまだ小さい時に、お父さん、家から出て行ったんですよー』って言ってたじゃない？　だから、それからずっと、美桜ちゃんは自分が大夏《だいき》くんの父親にならないとって思ってるのかなって。普通の父親よりも父親らしくなろうとしたせいで、その、短気ですぐに手が出る『カミナリ親父』っぽい感じになったのかなって」

「もしかして、駐車場の、見てたんですか？」

　美桜が尋ねると、望月は手をブンブンと左右に振った。

「見てないよー。見てないけど、でも、あのくらいわかりやすく彼が変化したら、だいたいの察しはつくよね。それにぼく、美桜ちゃんの性格も行動も、前より理解してるつもりだし」

「すみません。下手したら、今日の食事会、台無しにしちゃってたかもしれないですよね」

「全然、謝ることなんかないよ。だって、あの人、めちゃめちゃモラハラだったもん。あれ、今の時代じゃ一発アウトだよ。美桜ちゃんは正しいことをしたんだと思う」

「……」

それから望月は、いつもの雰囲気に戻り、

「それにしても、美味しい料理だったねー！ 今度はさ、紅葉の季節にどう？ 燃えるような真っ赤な秋の景色を楽しんで、それからあのお店で秋の味覚を楽しもうよ！ 栗とかさー、柿とかさー、あー、こんなこと言ってたらもうお腹が空いてきた！」

と、はしゃいだ声を出した。そして美桜は、はしゃぐ望月を見ながら、父親の最後の声と言葉を思い出していた。

「お父さん、フィリピン・パブの女性を好きになってしまったんだ。だから、これから彼女と駆け落ちをする。琴子《ことこ》、美桜、大夏……みんな、ごめん」

一方的に言いたいことを言って、父からの電話は切れた。

それが、父の声を聞いた最後。

あの時、美桜は中学生だった。

と、美桜のスマホが震えた。

着信画面を見ると、愛知県警の緒賀《おが》という刑事からだった。今年の春、弟の大夏がとある殺人事件に巻き込まれたせいで、美桜は緒賀刑事と個人の携帯番号を交換する間柄になっていた。

　望月は、美桜の携帯画面を堂々と覗き込み、

「緒賀？　あのハードボイルドぶった嫌味な刑事？　なんで美桜ちゃん、まだあいつの番号なんか残してるの？　もうあの事件は解決したんだから、さっさと消去してブロックしようよ。あいつ、無実の大夏くんの鳩尾に空手パンチ入れるような暴力野郎だよ？」

　と、一気に捲《まく》し立てた。

（鳩尾を殴るって意味では、私も同類だけど……）

　そんなことも思いながら、美桜は電話に出た。

「美桜さん。実は大夏くんが、先ほど、暴漢に襲われました」

「え？」

「今、意識不明の重体です……」

「……え？」

2

　時は少しだけ遡《さかのぼ》る。

その日、名古屋は平年よりやや早めに梅雨《つゆ》入りをした。終日降り続いた雨のせいで、池田公園にもほとんど人影は無く、筋向いにある古いペンシル・ビルにも夜十九時まで来客は無かった。

「はあ……」

時計を見て、広中大夏は大きなため息をついた。ドアの外に出て、ノブに引っ掛けてある『広中大夏探偵事務所』の看板を裏返す。看板は『バー・タペンス　オープン』の文字に変わった。中に戻り、ジャクリーヌ・デュプレのチェロ協奏曲のレコードをターンテーブルの上に置く。

「開店したら、最初に流す音楽は必ずジャクリーヌ・デュプレのチェロ協奏曲にすること」

それが、この店のオーナーであり、今は『広中大夏探偵事務所』の大家でもある高《たか》崎順三郎《さきじゅんざぶろう》が大夏に出した唯一の条件だった。理由は今もってわからない。

バー・タペンスの昼の空き時間を利用して、大夏が探偵事務所を始めて約二ヶ月。その間の依頼件数は二つ。

栄《は》えある第一号の依頼者は、タペンスから三つ先のビルの一階にある小料理屋「雪

乃」のママだった。雪乃は味噌田楽の味が最高だ。そしてママは、妖艶《ようえん》な美人だった。歳は大夏より一回り上だが、

（この人から『大夏くん、私と駆け落ちして♪』なんて言われたら、多分俺、ふらふらって一緒に逃げちゃうだろうな……）

などとよく妄想をしたものだ。そんな雪乃のママが、ある日、大夏の探偵事務所に半泣きで駆け込んできた。

「ハナちゃんが！」

「ハナちゃん？　お店の看板猫の？」

「ハナちゃんが昨日から帰って来ないの！　こんなこと、初めてなの！　大夏くん！　ハナちゃんを探して!!」

「！　わかった！　ママ、俺に任せて！」

店を飛び出し、女子大小路じゅうのビルとビルの隙間を探し回った。両手に、ハナちゃんが大好きなマグロの缶詰を持ち、カンカンと打ち鳴らしながら猫の名前を呼び続ける。

が、ハナちゃんは、見つからなかった。

なぜなら、ハナちゃんは、雪乃ママが大夏のところに行くのと入れ違いで、とっくに自発的に店に帰ってきていたからだ。初の外泊の理由は今もってわからないが、事

件は最初から解決していた。

大夏は、捜査料として味噌田楽をご馳走になり、購入したばかりの探偵手帳に、

「依頼一件。解決一件。解決率一〇〇パーセント」

と書き込んだ。


二件目の依頼者は、キャバクラ「舞花」の店長だった。お店のナンバーワン・キャバ嬢であるゆめちゃんが、最近、誰かにストーカーされている気がすると怯《おび》えているので調査して欲しいという。ちなみに、ゆめちゃんは、いつ道で会っても笑顔を絶やさない良い子で、その上、さりげないボディ・タッチがいつも多めの優しい子だ。大夏は前々から、ゆめちゃんのことが大好きだった。

「店の前のゴミが毎晩荒らされててさ。それをゆめが、『これ、私のストーカーかも』って言い出してさ。俺はただのカラスだよって言ってるんだけど、ゆめってとっても心配性でさ」

そう店長は言った。

「わかりました！　女子大小路の名探偵、広中大夏にお任せください！」

その晩、大夏は、タペンスの営業後、ビデオカメラを手に、キャバクラ「舞花」の前のゴミ箱を張り込みした。そして明け方、カラスたちがゴミ箱をひっくり返し、中

のゴミを散乱させる証拠映像を無事に収録した。

ゆめちゃんのメンタルは回復し、大夏は調査料として、「舞花」一時間無料券を貰った。そして、自分の探偵手帳に、

「依頼二件め。解決二件め。解決率一〇〇パーセント」

と書き込んだ。


以来、大夏は、ずっと三件目の依頼者を待っている。これまでは月に一人のペースで依頼者はやってきた。確率的に考えると、そろそろ新しい依頼者がこの店にやってきて良い頃のはずだ。

と、カランと、ドアベルが鳴る音がした。客が来た！　タペンスの客か？　それとも探偵業の依頼人か？

「ダイキ！」

残念ながら、来訪者はどちらでも無かった。やってきたのは、近所のフィリピン・パブ「パリス」のホステスであるメリッサとレイチェルだった。

「ダイキ！　映画ニ出ルゾ！」

メリッサが、鼻からフンと息を吐きだして言った。白いピチピチのミニTにピンクのフレアー・パンツ姿がセクシーだ。そのダイナマイト・ボディに大夏はいつも圧倒

されてしまう。

「ダイキ！　どまつりニ出ルゾ！」

レイチェルも、鼻からフンと息を吐きだして言った。黒のタンクトップにデニムのショート・パンツ。長身かつスレンダーでモデルのような美しさだ。

「映画？　どまつり？」

真夏を先取りしたかのような二人の身体を見つつ、大夏が聞き返す。メリッサとレイチェルはオーバーな身振りで両手を広げ、

「どまつりト言エバ映画！　映画ト言エバどまつりダロ！」

「ダイキ、相変ワラズ、バカの極み！」

と、大夏を罵《ののし》った。

「……あの、全然話が見えないんだけど」

「オマエ、どまつり、知ランノカ？」

「どまつりはもちろん知ってるけど」

『どまつり』とは、『にっぽんど真ん中祭り』の通称で、毎年、夏の名古屋で三日間にわたって繰り広げられる日本有数の大規模な祭りである。国内外から多数のダンス・チームが集結し、地域色豊かな踊りを競い合う。

「そのコタエじゃ五十点ダ」

メリッサが「チッ、チッ、チッ」と人差し指を振る。

「今年ノどまつりハ、一味チガウ。ナント、映画ニモナル」

言いながら、レイチェルが偉そうに腕を組む。

「映画?」

「ソウダ。マズ、コレヲ見ロ」

レイチェルが、胸の谷間に丸めて押し込んであった、一枚のフライヤーを取り出した。大夏はそれをカウンターの上で押し伸ばした。そして、読んだ。

「あなたも映画に出てみませんか? 出演者大募集! どまつりを舞台にした汗と涙の青春ダンス映画が製作決定! 主演は……え? ま、まじ? 主演は、水田智秋《みずたちあき》!!」

水田智秋は、クール・ビューティ系の演技で人気の女優であり、もう何年も「世界で最も美しい顔ベスト100」に選ばれ続けているような美人女優でもある。大夏は彼女の大ファンだった。彼女のグラビア写真が出る週刊誌なら、それがたとえ大嫌いな週刊文春でも大夏は買ったし、彼女が連ドラに主演した時は、タペンスのカウンターの裏側にタブレットをセットして、仕事中でも必ずリアルタイム視聴した。そのくらいの大ファンだった。人生で恋が一度きりしか出来ないとしたら、その相手は是非とも水田智秋であって欲しい。そう神様に祈るくらいのファンだった。

(水田智秋と、映画できょ、きょ、共演?)

想像しただけで、大夏は興奮で気が遠くなった。

「ココダ、見ロ」

レイチェルがフライヤーの下の方を指差す。

「締メ切リハ、今日ダ」

大夏は聞いていない。

「上手クイケバ、オマエデモ映画デレル」

大夏は聞いていない。

「フィリピンジン、ダンス好キ。ダカラ、フィリピンでもコノ映画、流レルカモ」

「母国ノスターにナルチャンス、来タ」

大夏は聞いていない。

「ダガ、問題がヒトツアル。募集ハ個人デハ無く、チームナノダ」

「五人一組ナノダ。ソシテ、今、ワタシタチハマダ四人ナノダ」

「ダカラ、特別にオマエも入れてヤル。タダノ頭カズトシテ」

「ウレシイか？　ウレシイダロ？　サ、一緒に映画に出ヨウ」

大夏はまったく聞いていない。大夏の脳内では、自分が水田智秋とラブシーンを演じている妄想が駆け巡っている。そして、その妄想に誘導されるように、大夏は呟いた。

「俺、出るよ。映画……」

メリッサとレイチェルは満足そうに頷《うなず》いた。会話は実は嚙《か》み合っていなかったのだが、三人は誰も、それには気づかなかった。

「俺、絶対に智秋ちゃんの映画に出る！」

大夏は力強く叫んだ。この一言が、彼の大いなる不幸の引き金になるのだが、大夏本人がそれを事前に知る術《すべ》はなかった。

3

翌月。名古屋の梅雨が明けた。

男が一人、とある部屋で、陰鬱《いんうつ》な表情でテレビを見つめていた。テーブルの上には、指紋を付けぬよう慎重に作業をした封筒が載っている。中には、脅迫状。これを出すことになるか、それとも出さずに済むか……その答えは、今、男が見つめているテレビが明らかにしてくれるはずだ。

早朝の情報番組。

最初は、交通事故のニュース。次が、為替のニュース。男はどちらにも興味が無い。CMを挟んで、中部地方のニュース。かつて社会教育館のあった栄《さかえ》の土地に「スローアートセンターナゴヤ」というサウナ・飲食・アートの複合施設がオープンしたというニュース。カラフルなロープを主体にしたオブジェが客を出迎え、奥には、フィットネス・ジムや少人数で貸切に出来るサウナなどもあるという。

（なるほど。サウナは密談の場所には悪くないな）

と、男は考える。これから何度もヤツらと「話し合い」の必要が出てくるだろう。誰にも聞き耳を立てられず、後々に証拠の残らない話し合いだ。サウナなら携帯電話なども持ち込めないし、少人数で貸切ならマスコミの目も警察の目も心配しなくて済む。

が、これも、たった今、男が待っているニュースでは無い。

エンターテインメント関連のニュースが始まる。大きなステージで、大勢の人間が汗だくで踊っている映像が最初に映し出された。

「人気女優・水田智秋さん主演で、毎夏に名古屋で開催される『にっぽんど真ん中祭り』をテーマにした映画の製作が決定し、先日、大規模な地元オーディションが行われました」

アナウンサーが、浮き浮きと弾んだ声で語る。男は身を乗り出してそのニュース画面を凝視した。審査員席に座っているプロデューサー。その横に主演女優の水田智秋。その横にも数人の男。そして大勢のオーディション受験生。映像はテンポ良く編集されており、ダンスのシーンもあれば、受験生たちが審査員に一生懸命自己アピールをする場面も紹介されていた。三十歳前後だろうか。歳の割りに雰囲気のチャラい男が、

「本当に本当に本当に、俺、智秋ちゃんの大ファンなんです」

と、頭の悪そうな自己紹介をしていた。

「ダンスは初心者ですが、俺、死ぬ気で練習します！　あと、俺、女子大小路でバーテンダーやってます！　是非飲みに来てください！　女子大小路は、どまつりの会場のすぐ近くです！」

と、水田智秋本人が手を挙げて、そのチャラい男に質問をした。

「そのお店は、何ていうお名前ですか？」

「タペンスっていいます！　池田公園のすぐそりゃれありゅます」

若い男が緊張で言葉を噛み、会場にいた全員が大声で笑った。オーディション全体が、お祭りの前夜祭のような雰囲気だ。

「……バカどもが、浮かれやがって。すぐに全員、笑えなくしてやるからな」

男はそう吐き捨てるように言うと、テレビを消して立ち上がった。薄い手袋を嵌《は》め、テーブルの上の封筒を手に取ると、男はそのまま外に出て行った。

4

にっぽんど真ん中祭りの実行委員会に告ぐ。

私は、どまつりと、どまつりに関わるすべての人間を深く憎む者である。

今年のどまつりを中止せよ。

中止の決定がなされるまで、私は、どまつり関係者を無差別に襲撃する。

5

運命の日。

そう書き記すと、少し大袈裟《おおげさ》に感じる人もいるかもしれない。

でも、冷静に振り返ってみて欲しい。

「思い返せば、あの日が運命の分かれ道だったんだなあ……」

そう思い当たる一日が、きっとあなたにもあるはずだ。

八月初旬。連日の酷暑に人々の気力体力が削られ続けていた、とある夏の夜。

その日が、広中大夏にとって「運命の日」だった。

時刻は十九時四十分。場所は、バー・タペンスの店内。大夏は無人の店内で独り、ダンスの練習をしていた。どまつりの本番まであと半月。四人掛けテーブルの上にタブレットを置き、店の窓に映る自分を見ながら、懸命に手足を動かす。タブレットの中では、ピンクと黒のレオタードを着たメリッサとレイチェルが、華麗なダンスを踊っている。それをお手本にしているつもりなのだが、どうにも同じように踊れない。

(何でだ？　何が違うんだ？)

映画の地元キャスト・オーディションに合格してから一ヶ月半。大夏は、自己ＰＲで言った通り、連日、死ぬ気で練習をしていた。私立探偵事務所に依頼人が来ないことも忘れ、十九時になったらバー・タペンスを開店することも何度も忘れ、とにかく、ダンスの練習をしていた。

「オマエの体ハ岩カ？　岩ナノカ⁉」

メリッサの罵声《ばせい》が脳内に響く。

「リズム感はドウシタ？　ドコへ忘レタカ？」

レイチェルの軽蔑《けいべつ》の眼差しが網膜に焼き付いている。

「ダイキ、人トシテ、アリエナイ動きダ」

「百年ノ恋モ一瞬で冷メルゾ」

「マア、オマエに恋はモトモト縁がナイダローガ」

「無様ダナ、ダイキ。無様の極み」

　腰を落とし、両手をあげて、両手をウェーブ、胸を反らせてアイソレーション。同時にステップを踏み、そして、ターン。右足の爪先を左足で踏んで、大夏は体勢を崩した。隣りのテーブルに尻をぶつけ、一回転して床にひっくり返って腰を打った。ちなみに、映画における大夏の役どころは、

「水田智秋演じるヒロインと一緒に、どまつりの優勝を目指して頑張るチーム『エビフリモ』のメンバー」

　である。セリフは無い。どまつり出場チームは、一チームで五十人以上の大所帯なので、智秋など東京から来るプロの役者たち七人にプラスして、地元からダンス・グループ九組四十五人がオーディションで選ばれたのだった。

　もっとも、オーディションに関しては、大夏は最初から合格を確信していた。なぜなら、自己PRタイムで、主演で審査員もしていた水田智秋から直接個人的な質問をされたのは、あの日、大夏だけだったからだ。

（俺は、智秋ちゃんから選ばれた男！）

それを思い出すだけで、あらゆる疲労は吹っ飛ぶ。

(もしかして、智秋ちゃん、俺に一目惚れした?)

さすがにそれは図々しい想像かとも思うが、可能性はゼロでは無い。なぜなら、もう一度同じ言葉を繰り返すが、自己PRタイムで、主演で審査員の水田智秋から直接個人的な質問をされたのは、あの日、大夏だけだったからだ。

(これは、既に恋かも)

そんなことを大夏は思う。

(俺のこの想いも恋だし、もしかしたら、既に智秋ちゃんも俺に……恋?)

大夏は雄叫びを上げながら飛び起きた。未来の恋のためなら、こんな練習、何時間だってやってやる。お手本ビデオの再生マーカーを最初に戻し、ダンス冒頭のポーズを取る。と、カランカランと店のドアベルが鳴った。

(あーあ。もう少し練習したかったのに……)

ため息をつきながら、大夏はドアの方に向き直った。

「いらっしゃいま……え?」

あまりの驚きに、大夏は硬直した。

「え?　えええええ?」

ドアを開けて店内を覗き込み、

「このお店、ホームページもないんですね。ちょっと探しちゃいました」

と微笑む女性。

なんと、水田智秋、本人だった。

化粧気のない顔に、白いTシャツとクラッシュ・ジーンズ。それでも智秋の姿は、大夏には、華やかな舞台衣装を身に纏った主演女優の登場シーンに見えた。

「あの」

ドアの前で智秋が言う。

「は、はひ……」

大夏は声が裏返った。

「もしかして、お店、開店前でした？」

その瞬間、大夏は文字通り飛び上がった。

「いえ！　すみません！　開店してます！　この店、早めの時間はいつもガラガラでして、それでその、お客さんいないならダンスの練習してた方が有意義かなとか、ほら自分、『死ぬ気で練習します』ってオーディションで言ったたし、それ、絶対嘘にしたくないし、智秋ちゃんの主演映画、絶対映画にしたいし！」

するとと、智秋はなぜか寂しげに微笑み、大夏を見つめた。

「広中、大夏さん……でしたよね？」

「はい」

「そんな風に思ってくださって、ありがとうございます」

　スッと智秋が頭を下げる。意味がわからない。日本を代表するような美人女優が、自分に「ありがとうございます」と言う。大夏の鼓動が一分あたり百八十を超えた。

智秋は顔を上げると、今度は明るく、

「じゃあ、カウンター、座って良いですか？」

　と言った。

「は、はい！」

　大夏が椅子を引く。慣れた感じで、智秋はそこに座る。そして、店内を改めてぐるりと眺めた。

「素敵なお店ですね」

「そ、そうですか？　殺風景とか、よく言われるんですけど」

　言いながら、大夏はアナログのレコードを取り出し、ターン・テーブルに載せる。すぐに、チェロの柔らかい音色が店内に流れ出す。開店したら、最初にこのレコードをかけること。大夏がこの店に雇われた時に、オーナーから出された唯一の条件がそれだった。本日は自分の練習を優先したせいで少しかけるのが遅れたが、まあ、このくらいはオーナーに報告しなくても良いだろう。

「お飲み物はどうされますか？」

智秋が、軽く肩をすくめる。

「私、実は、お酒、ダメなんですよ」

「え？　そうなんですか？　あ、めっちゃ薄めに作るとか、あるいは飲みやすい甘いカクテルとかもありますよ？」

「いや、お酒は強いんです。すごく」

「え？」

「それが、とっても嫌で」

「へえ……」

智秋は、小さな苦笑いを浮かべていた。

(智秋ちゃんって、いろんな種類の笑顔を持っているんだな)

大夏はますます自分の恋心が加速するのを感じた。

「なので、このお店で一番高いノンアルコールをください」

語尾の「ください」の時の微《かす》かな首の傾け方が可愛かった。狙っていないのに可愛いという、世界の可愛さの中でも最上級に絶妙な可愛さである。大夏は、地球の重力が小さくなったかと思った。このままだと、いつか夜空に飛んでいけそうだ。

と、智秋の携帯が鳴った。着信画面を見て、智秋が表情を少し曇らせた。数秒迷ってから、彼女は電話に出た。

「もしもし……あ、うん……なんで？　全然、大丈夫だよ？」

彼氏だろうか？　いや、水田智秋には彼氏はいないはずだ。以前、ネット・ニュースにそう書いてあった。では、電話の相手は誰だろう。タメ口なので、仕事以外の友人だろうか。

「あのね、芽衣《めい》ちゃん。私は芽衣ちゃんに巻き込まれたんじゃないの。自分の意志で、ああしようって決めたの」

少しだけ、智秋の声が大きくなった。そして、全身全霊で聞き耳を立てている大夏の様子に気がついたようだ。智秋は電話の相手に、

「ごめん。今、ちょっと私、人と一緒なの。また後でかけ直すね」

と言って、切った。

「あ、や、全然遠慮なく。今はタペンス、智秋ちゃんの貸し切りなんで」

（どうぞ、どうぞ）という身振りを加えながら大夏は言ったが、智秋はその日一番の明るい笑顔で、こう答えた。

「良いんです。今日は、仕事のことは忘れて、楽しく飲みたい気分なんで」

大夏の鼓動が、再び、一分あたり百八十を超えた。それを必死に深呼吸して抑える。

それから、よく通る声と滑舌《かつぜつ》を意識しながら、大夏は智秋に言った。

「あ、お腹、空いてませんか？　俺、作りますよ。俺、こう見えて、お酒作るより料理の方が得意なんです。実は、実家が喫茶店やってて、でも、俺の母ちゃん、実は料理が下手で、父ちゃんは料理めちゃ上手いんですけど、実は別の仕事もやってたんで、で、なんだかんだ、俺、小さい時から、喫茶店のランチとか軽食とか、家事手伝いでガンガン作ってたんですよ」

　どことなく頭が悪そうな喋り方になってしまったが、智秋は気にしていないようだった。

「へええ。喫茶店を」

　そう、店内のあちこちを見ながら返答してくれる。

「はい。岐阜のタマミヤってとこで」

「へええ」

　興味がある「へええ」なのか、無い「へええ」なのか、智秋の受け答えはちょっと摑みどころがなかった。そして大夏は、そういうミステリアスな女性に弱かった。しばらく智秋は何かを考えていたが、やがて、

「大夏さんのご実家のカフェで、一番、人気のあったメニューってなんですか？」

　と質問してきた。

「あー、なんだろう。あれかな。あんかけパスタ」

「あんかけパスタ」

「名古屋では、あんかけスパって言う方が多いんですけど、うちではパスタって言ってましたね。レシピ、父ちゃん。作るの、俺。で、姉ちゃんが、最後にちょっと辛味を足してドヤ顔するのがお決まりでした」

「じゃ、それで」

「え?」

「私、そのあんかけパスタが食べたいです」

そこで、大夏は戦慄《せんりつ》した。何でも作れるとは言ったものの、背後の冷蔵庫の中は確認していなかった。引《ひ》き攣《つ》った笑顔のまま素早く身を反転させ、冷蔵庫のドアを開ける。玉ねぎはある。ピーマンもある。ベーコンは無いけれどウインナーはある。いや、違う。問題は冷蔵庫の方ではない。その横の戸棚を開ける。やはりだ。無い。片栗粉が無い。あれが無ければ、肝心のとろみが付かない。

「智秋ちゃん。ちょっとだけ、留守番していてもらって良いですか? すぐ戻るんで」

「え?」

「本当に、すぐ、戻りますから!」

雪乃の小料理屋にならば、片栗粉はあるだろう。万が一無かったら、その先のスーパーまでダッシュあるのみだ。そんなことを考えながら、大夏は店の外に出て、薄暗い階段を三段飛ばしで駆け下りた。と、最初の踊り場を回ったところに、黒い大きな塊がいた。人間だった。男だ。夜でも熱中症になるかもしれないという真夏の名古屋で、その男は黒のジャージの上下に黒いキャップ、更に黒いマスクまでしていた。そして

……

(ほ、包丁?)

大夏は息を呑んだ。男は手に、剝《む》き出しの刃物を持っていたのだ。と、次の瞬間、男はそのナイフを振り上げ、大夏に向かって斬りつけて来た。

「ぶひゃへぅ」

言葉にならない悲鳴を上げながら、大夏は身を捩《よじ》った。頰《ほお》すれすれを刃物の先が通過する。

尻もちをつく。そのまま四つん這いで階段を上がる選択を大夏はした。タペンスに飛び込み中から鍵を掛け、それから警察に通報だ。そう考えた。が、出来なかった。階段を二段上がると同時に、右の尻に激痛が走ったからだ。

「ギュワ」

変な声が出た。焼けるような痛みだった。と、大夏の視線の先、タペンスのドアが開いて智秋が顔を出した。

「大夏さん？」

と、次の瞬間、黒ずくめの男は大夏を飛び越え、智秋に向かって突進を始めた。大夏は、自分の顔面の上を通過しようとした男の足にむしゃぶりつき、自分ごと、男を階段の踊り場に引き摺《ず》り下ろした。

「智秋ちゃん！　出てきちゃダメだ！　鍵をかけてすぐ１１０番……」

そう叫ぶのと、男の右肘が側頭部に飛んでくるのが同時だった。衝撃で、目の前に星が飛ぶ。男は体勢を立て直すと、うずくまっている大夏の身体を、更に下の踊り場に向かって容赦《ようしゃ》なく突き落とした。

6

名古屋市の北西部にあたる中村区。岐阜の池田山から車で一時間半。望月は桜色のホイールを装着した愛車を、名古屋高速都心環状線、名古屋高速四号東海線から六番北インターチェンジ、国道一号、そして昭和橋を左折して中川運河西線へと走らせた。ちなみに、桜色は特注だ。岐阜の本巣市にある「タイヤショップ早野」に「お金に糸目はつけないから、美桜の美しさに負けない桜色のホイールにして」と発注した自慢の品だった。運河沿い。大型のトラックが多数停車している倉庫街の奥。そこを一度右折をした先の突き当りに、大夏が搬送された名古屋掖済会《えきさいかい》病院はある。大小の白いマッチ箱を組み合わせたような外観。望月のレッド・チェリー号が現地に到着した時、時刻は夜の十一時になっていた。『救急外来入り口』の青い看板の前に、緒賀冬巳《ふゆみ》が待っていた。黒いスーツ越しでも明確にわかる筋肉質な身体。エントランスの非常灯が、彼の困惑したような表情を照らしていた。美桜は、助手席から素早く降りたが、それよりも、運転席の窓を開けて望月が怒鳴る方が早かった。

「緒賀ァ！　このセクハラ刑事が！　開示請求するぞ、コラァ！」

「は？」

いきなり怒鳴られた緒賀が気色《けしき》ばんだ。が、望月はまったく動じない。

「テメエが担当してた事件はもう終わったろ！　なんで、美桜ちゃんの連絡先勝手に残してんだコラ！　公務員職権濫用《らんよう》罪で訴えてやる！」

「そんなことより、なぜ白豚弁護士が一緒に？　広中大夏くんは今回は容疑者じゃなくて被害者なんですが」

「弁護士にその口の利き方はなんだ、平刑事！」

「そっちこそ深夜の病院で何大声出してんだ、豚野郎。俺の正拳突きが見たいのか？」

「こ、今度は脅迫罪だ！」

言いながら、望月が車を降りて緒賀に詰め寄る。車椅子の老人が、看護師に付き添われて通り掛かった。緒賀と望月が言い合いをしていて、通行の迷惑であることは明白だった。望月の車も放置されたままだ。

「道を空けろ、二人とも。おじいさんの邪魔だろうが」

美桜が殺気を孕《はら》んだ低い声で命じると、緒賀と望月は素直に左右に分かれた。看護師が二人をじろりと睨《ね》め付けながら、車椅子の老人と共に通過した。

「で、緒賀さん、大夏の病室は？」

「３０３です。あ、ただですね、大夏くん実は……」

「病室だけで結構です。緒賀さんも、望月先生も、今夜はどうかお引き取りを」

そう言って、美桜は一人、病院の中に入った。夜間灯に仄白《ほのじろ》く照らされた廊下を進み、階段で三階まで上がる。再び廊下を進み、ナース・ステーションを素通りして、『３０３号室』と表示されたドアの前に立った。意識不明、という言葉が、思い出された。ドアを開けるのに、少しだけ勇気が必要だった。

「あなたはお姉ちゃんなんだから、大夏のこと、これからもお願いね」

母の琴子が、懇願するように美桜に言ったことを思い出した。父が家を出てから、やたらと琴子から大夏のことをお願いされるようになったのだ。

（なら、私のことは誰がお願いしてくれるのだろう）

その都度、そんなことを思ったが、口には出さなかった。そういえば、父がまだ家にいた時も、似たようなことを言われたことがあった。

「もしも父さんに何かあったら、美桜が母さんと大夏を守っておくれ」

今更だが、とても腹立たしい言い草だ。何かあったらというのは、普通、事故とか病気だろう。自分の意志で別の女と駆け落ちすることではないはずだ。

怒りを思い出すことで、ドアノブを回す力が生まれた。

ガチャリ。

やや、乱暴にドアを開ける。

クリーム色のカーテンが下がる腰高窓。小さなシンクの付いた洗面台。細長いロッカーと背の低い床頭台《しょうとうだい》に、パイプ椅子が一つ。そして、その奥にベッド。大夏らしきシルエットが、妙な形で横たわっている。頭部に白い包帯。腕に点滴。片足にギプス。死んでいるわけではないようだ。ゆっくりと美桜は病室に入る。シルエットの違和感の理由はすぐにわかった。大夏はうつ伏せの状態で寝かされていたのだ。パジャマの下を穿いておらず、尻全体を覆うように包帯が巻かれ、その上からふんどしのようなもの（T字帯というらしい）が当てられている。

「大夏……」

美桜は、声をかけながら、体を屈めて大夏の顔を覗き込んだ。そして、ギョッとした。彼女の弟は、目を瞑ったまま、微笑んでいた。

「大夏？」

「いやん♡」

「？　いやん？」

枕の上で、大夏の表情がだらしなく動く。どうやら、夢を見ているようだ。意識不明の重体ではなかったのか？

「大夏」

少し強めの声で呼んでみた。

「……」

「大夏！」

「なんだよー、ち・あ・き♡」

「大夏!!」

言いながら、包帯が巻かれた大夏の尻を、美桜は思い切り叩いた。

「！　痛ッ！　痛ッた！　って、あれ？　姉ちゃん？」

大夏が、驚いたように目を見開いた。

「貴様。意識不明はどうした？」

「え？　何のこと？」

「意識不明の重体じゃなかったのか？」

「あー、うん。そうだったみたい。階段を落ちた時に頭を打って、ちょっと脳震盪《のうしんとう》で」

「は？　脳震盪と意識不明は違うだろ？」

「知らないよ。つか、なんで姉ちゃんなんだよ。俺、今、これまでの人生で最高にハッピーな夢を見てたのに！　バカ！　ぐはっ！」

グルグル巻きになっている尻に美桜が右肘を落とすと、大夏は悶絶《もんぜつ》した。いつの間にか病室のドアのところに緒賀が来ていた。

「美桜さん。大夏くんは、尻を包丁で刺されてるんです」

そう緒賀は言ったが、美桜は気にしなかった。

「脳震盪を起こしたってだけで、私を岐阜から呼び出したんですか？」

じろりと緒賀を睨むと、彼は気まずそうに少し下を向いた。

「や、それだけでなく、階段から蹴り落とされて足も骨折しています」

「骨折？　そんなの、普通に暮らしてても骨折くらいはしますよね？」

「や、その、自分が美桜さんにお電話をした時には、まだ怪我の詳細もわかっておりませんでしたし、大夏くんの意識もありませんでしたし、それにその、電話を切ったすぐ後に大夏くんの意識は戻りましてその後はとてもピンピンされていたのですが、状況的には殺人未遂事件と言えるくらいの凶悪犯罪でしたし、そういう場合は警察からご家族には連絡をしなければいけないことに……」

　珍しく、緒賀の言葉はしどろもどろだった。それを最後まで聞かず、美桜は病室を出た。

「姉ちゃん？」

「美桜さん？」

　大夏と緒賀の言葉は同時だった。美桜は振り返ると、緒賀にだけ言った。

「以前にも言いましたが、そこのバカ男とはもう家族の縁を切っているんです。心臓を刺されたとか、頸動脈《けいどうみゃく》を切られたとかならまだしも、尻を刺されたくらいでいちいち電話してこないでください」

　廊下には、望月がいた。美桜が緒賀に怒っているのが嬉しいらしく、犬が尻尾を振って喜びを表現するように、望月は大きな尻を左右に振って喜びを表現していた。

「じゃあ、美桜ちゃん。また岐阜まで送るよ」

　揉み手をしながら提案をしてくる望月。

「いえ、結構です」

「でも」

「望月先生、今夜は本当にありがとうございました。先生のご自宅は名古屋ですよね？　まだぎりぎり終電も間に合いますし、私は電車で帰ります」

「そんなこと言わないでよ。岐阜まで送らせてよ」

「望月先生」

「はい」

「それ以上しつこくすると、私、キレますよ？」

「え……」

望月は、実は臨機応変なタイプだった。そして、めげない男だった。

「じゃあ、せめて、名古屋駅まで送らせて♡」


その時、病院の外に、一人の男がいた。黒いキャップを被《かぶ》った男だった。男は近隣のビルの陰から、救急外来のエントランスをずっと見つめていた。

やがて、エントランスに広中美桜が現れた。色白の太った男と何か会話をしていたが、結局その男を置き去りにし、彼女は一人で夜道を歩き始めた。

男は、帽子を目深《まぶか》に被り直した。

そして、彼女の跡をつけ始めた。

7

「あー！　もうダメ！」

そう叫ぶと、稲熊彩華《いなくまあやか》は、ダンゴムシのように体を丸めた。

久屋《ひさや》大通り沿い。栄駅と矢場町駅の中間くらいにある「にっぽんど真ん中祭り文化財団」の会議室。もう夜の九時になるというのに、会議室にはまだ大勢の学生たちが残っていた。どまつり開催まで、一週間を切っていて、やるべきことはまだ山のように残っている。

どまつりの大きな特徴の一つに「運営は学生主体」というルールがある。二十五名の「学生委員会」。そして、学生ボランティアが約七百人。稲熊彩華は、この大人数を束ねる委員長だ。

「彩華ー、どしたー？」

向いの長机でパソコンと格闘していたＭＣ班班長の杉下奈緒《すぎしたなお》が、画面から顔も上げずに聞いてくる。その横にいる舞台班班長の坂田和樹《さかたかずき》が、

「大丈夫だって、稲熊。何のことか知らないけど、多分、どうにかなるって」

と、のんびりした声を出す。

彩華は自分のパソコンの上で、頭を左右に激しく振る。

「だってさ。毎年毎年準備ギリギリなのに、今年は映画とのタイアップまであるんだよ？　予告編の映像撮りたいから、去年の上位チームのリハ風景撮らせろとか今頃になって言ってくるんだよ？　それをさ、勝手に水野《みずの》さんとかＯＫしちゃってさ、『対応よろしく』って一言で段取りは全部こっちに丸投げだよ？　どゆこと？」

　水野さんというのは、どまつり文化財団を立ち上げた水野孝一《こういち》専務理事のことだ。

「映画のために、このクッソ暑い炎天下で、みんなに余計に何回も踊ってもらうの？　熱中症対策はどうするの？　万が一、体調不良の人が出た時の対応は？　ドローン撮影の許可取りは？　野次馬対策は？　どまつりまであと一週間無いんだよ？」

　言えば言うほど感情が昂《たかぶ》り、彩華は目頭が熱くなってくるのを感じた。

「うん、わかるよ。彩華の気持ちはよーくわかる」

　カタカタと、ファイナル当日の進行表を修正しながら、奈緒は言う。

「水野さんには、私たち全員に『うな藤』の特上ひつまぶし税込六千七百円をご馳走してもらおう。どまつり終わったら、私が責任持って水野さんに交渉する。だから今は、もう少しだけ頑張ろ？　ね？」

　奈緒は、いつも冷静だ。おまけに、スタイルも良く顔も可愛い方だ。

「奈緒が委員長やってた方が、絶対、いろいろスムーズだったよね。どうして私がなっちゃったんだろう」

彩華が愚痴《ぐち》ると、和樹が「ハハッ」と声を上げて笑った。

「何よ」

「や、別に。今、一番無駄な後悔だなと思って」

「悪かったわね」

「や、別に悪くはないよ。ただ、まあ、無駄だよなと思って。ハハッ」

「……」

無駄な愚痴を言っていることは、自分が一番わかっている。何も言い返す言葉が見つからず、彩華はただ、グッと唇を噛み締めた。と、会議室のドアが開き、運営班の須藤太一《すどうたいち》が入ってきた。

「おつ。なーんか、嫌な雰囲気だよね」

入ってくるなり太一が言う。

「嫌な雰囲気にしてごめんなさいね」

「ん？」

「耳、悪いの？　嫌な雰囲気にしてごめんなさいねって言ったの。謝ったの」

彩華が、逆ギレの気持ちを隠さずに言うと、太一はキョトンとした表情で、

「委員長のことじゃないよ。チーム・オトナのことだよ。今さ、水野さん、すっごい

難しい顔で誰かとヒソヒソやってたよ」

　と言い、わざとらしく眉間に皺《しわ》を寄せた。

「水野さんが？　誰と？」

「相手はわかんない。でもあれ、かなり深刻なトラブルの時の表情だよ。やっぱ、あの噂、マジなのかな……」

「何？　噂って」

　彩華が尋ねると、太一も和樹も奈緒も、全員が「え？」と同時に驚いた。

「委員長、知らないの？」

「知らない。だって、ここんとこずっと鬼忙しかったし。あー、でもでも言わないで。私には何にも言わないで」

　そう言って、彩華は両手を顔の前でぶんぶんと強く振った。噂話は人並みに好きだ。でもそれは、それなりに心と時間に余裕のある時の話だ。今、そんなことに、限りある脳のリソースを割く余裕は無い。どまつり本番まで、残り一週間も無いのだ。

「でも、内容的には委員長も知っておいた方が良いんじゃないかなあ」

　太一が言う。とっても話したそうだ。が、ちょうどその時、彩華の携帯が鳴った。

「お。彼氏？　束縛強めの」

　和樹が茶化す。

「そいつとはとっくに別れました」

「そうなの?」

「はい。私から、振りました」

語気強めにそう説明しながら、彩華は携帯を手に取る。着信画面には「大家さん」と表示されていた。

「え? なんで?」

通話ボタンを押すと、スピーカー・ボタンをオンにしたかのような、大家の老人の大声が会議室内に響いた。

「おい。今すぐ病院に来てくれ!」

「は?」

この大家は、彩華のことを名字でも名前でも呼ばない。いつも「おい」だ。ちなみに、大家と彩華は血の繋がった祖父と孫……などという関係ではなく、単に家賃で繋がっているだけの大家と賃借人だ。「おい」呼びは失礼極まりない。ただ、家賃は安い。西川端《にしかわばた》通り沿いという立地を考えると、古い木造アパートであっても相場の二割近く安い。

「病院だ。頼みたいことがあるんだ」

「ちょっと待ってください。無理ですよ」

「急ぎなんだ！　早く来い！」

なぜ、命令形で言われなければならないのか。いくら家賃が安いからといって。

「そんなこと、急に言われても無理です！　もうすぐ『どまつり』なんですから！」

そう叫んで携帯を切ろうとしたが、大家の老人はそこにこんな言葉を被せてきた。

「家賃、タダにする！」

「へ？」

気がつくと、会議室にいる全員、仕事の手を止めて彩華と大家のやり取りに聞き耳を立てている。

「今すぐ病院に来てくれれば、来月分の家賃はタダにする。これは、俺の人生を賭けた問題なんだ」

まだ丁寧語ですら無いけれど、この大家にしては、少し頭《こうべ》を垂れた雰囲気の声が続いた。

「いや、でも……」

彩華が口ごもる。

「なら、家賃、二ヶ月分タダにする」

「え」

「俺も生活があるからずっとタダって訳にはいかんが、今すぐ病院に来てくれれば、二ヶ月分の家賃をタダにする」

「……」

いつの間にか、奈緒が彩華の横に来ていた。ポンポンと彩華の肩を叩き、そして耳元に小声で、

「行っておいでよ」

と囁《ささや》いてきた。

「どまつりの準備で、バイトだってあんまり出来てないでしょう？　どんな用事か知らないけど、ここはフットワーク軽く行って来たら？　私で代われる仕事ならやっておくし」

「奈緒……」

「その代わり、明日はスタバのストロベリー・フラペチーノを奢《おご》りで」

「あ、それなら俺は、ダークモカチップ・フラペチーノ！」

これは和樹。

「それ、二つで」

これは太一。

「おい！　早くしろ！　掖済会病院だ！　病院に入らず、二百メートル手前から俺に電話しろ！　わかったな！」

言いたいだけ言って、大家は一方的に電話を切った。本当に腹立たしい大家だ。一体、どういう用件なのだろう。でも、アパートの家賃が二ヶ月分浮くのは大きい。

五分後。彩華はどまつりの事務所を出た。Googleマップで、掖済会病院への経路を検索する。距離十キロ。遠回りになる電車より、自転車の方が早い。Googleの予想では三十五分。お気に入りの白のクロスバイクは、ビルの裏手に停めてある。ノート・パソコンと資料でパンパンのリュックを背負い、携帯のストラップを肩から斜め掛けにする。二つ掛けにしているチェーン・キーを外し、夜の街に向かってペダルをグイッと踏み込んだ。三蔵通り。そして国道一号線。名古屋の夏は、夜でも酷暑だ。今夜も、二十一時を過ぎて気温はまだ三十度以上だ。漕ぐ。熱風を壁のように感じながら漕ぐ。まるでサウナ・ヨガだ。数分で全身が汗まみれになる。でも、この暑さの中、どまつり参加チームのみんなは踊るのだ。全身全霊で踊るのだ。なのに、委員長である私が泣き言を言っていてどうする。そんなことを考える。

自分も踊り子だった高校時代。

裏方ボランティアの楽しさに目覚めた大学一年生。

自分のアイデアをミーティングで言えるようになった大学二年生。

初めて出来た彼氏を振ってまで、どまつりに集中し続けた大学三年生。

昭和橋を渡って左に。灯りの消えた倉庫街を、フル・スピードでひたすら走る。遠くに掖済会病院が見えてきた。大家に電話をするため、彩華はクロスバイクを道の端に停めた。

と。

正面から、女性が一人、歩いて来た。暗い夜道に、そこだけスポットライトが当たっているかのように見えるほどの美人だった。大きな瞳。スッと通った鼻筋。程良くセクシーな唇。ランウェイを歩くモデルのような美しい歩き姿。ただ、彼女の表情は厳しい。何かに強く怒っているようだ。じっと観察している彩華の視線を気にもせず、その女性は彩華のすぐ横を通り過ぎた。その時、彼女の独り言が彩華にも聞き取れた。

「あのクソボケ。いつか殺してやる」

美人は、そう吐き捨てるように言っていた。彩華は魅入られたように、去っていくその女の後ろ姿を見つめていた。すると、斜め掛けにしていた携帯がブルブルと震えた。大家からだった。

「もしもし。今、掛けようと思ってたところなんですけど」

「もう遅い。このノロマが」

「え?」

「もう遅いんだよ。もう来なくて良い」

「ど、どういうことですか？」

「どうもこうも、もうあいつはどっか行っちまったんだよ！　この役立たず！　家賃、遅れたら追い出すからな！」

大家の老人は、一方的に喚《わめ》き、一方的に電話を切った。まったく意味がわからない。一体、これは何なのか。一体、自分の身に何が起きたのか。あいつとは誰だ。大家は私に何をさせたかったのか。汗まみれの身体のまま、彩華は道端にしゃがみ込んだ。

（やばい。私、泣くかも）

そんなことを思う。

と、通りすがりの男性が一人、彩華に声をかけてきた。

「大丈夫ですか？　何か、お困りですか？」

「え？」

細身の中年の男性だった。街灯が逆光になっていて、顔はよく見えなかった。

「大丈夫です。あんまり今日も暑いから、ちょっと休憩してただけです」

そう彩華が答えると、男は自分のリュックを背中から前に回し、中から拳大のものを一つ、取り出した。

「これ、夏バテによく効きますよ。良かったら食べてください」

そう言って、彩華の手に野菜を一つ握らせ、男は去って行った。

「あ……ありがとうございます……」

戸惑いつつも、お礼を言う彩華。彼女の手の中に残ったのは、大きくて形の良い玉ねぎだった。

8

二日後。愛知県警中警察署の大会議室では、「どまつり関係者連続傷害事件」の、第一回合同捜査会議が開かれた。それまでは、被害者が軽傷だったこともあり事件現場の所轄署で個別に捜査が行われていたのだが、広中大夏の事件で凶器が刃物にエスカレートしたことと、どまつりの実行委員会に脅迫状が届いたことで、県警は捜査本部の設立を決断したのだった。

緒賀と、緒賀の相棒の鶴松《つるまつ》刑事は、前から二列目の窓際の席に座っていた。

捜査資料をパラパラとめくっている緒賀に、

「この前教えたお店はどうでした?」

と、鶴松が訊ねてきた。緒賀は、東京警視庁から人材交流で来たいわゆる「他所《よそ》者《もの》」であり、鶴松はそんな緒賀のために、「オフの日にはここに行くべし」という名古屋飯激ウマいリストを作成しては彼に渡していた。

「行ったよ。驚いた。あんかけスパゲティの上に、エビフライが三本も乗ってたよ」

「豪華だったでしょ」

「いや、ちょっとトゥー・マッチな感じがした」

「いやいや、ちょっとやり過ぎるところも名古屋テイストなんですよ」

「そうなのか？」

「そうなのです。緒賀さん、まだまだですね」

会議室に、三枝《さえぐさ》本部長と樋口《ひぐち》係長が入ってきた。あちこちから聞こえていた私語が一斉に止《や》む。正面の長机に座るや、三枝はすぐにマイクを手に話を始めた。

「どまつりの実行委員会宛に、脅迫状が届いた」

三枝はいきなり本題に入った。大会議室の空気がピンと張り詰めた。三枝は、一通の封書を取り出すと、そのままそれを読み始めた。

「にっぽんど真ん中祭りの実行委員会に告ぐ。私は、どまつりと、どまつりに関わるすべての人間を深く憎む者である。今年のどまつりを中止せよ。中止の決定がなされるまで、私は、どまつり関係者を無差別に襲撃する」

静寂。

三枝は、数秒空けて、もう一度、脅迫状を読み上げた。それから、封書をポンと長机の上に放ると、捜査員たちに向き直った。

「ところで、刑事諸君。君たちは『にっぽんど真ん中祭り』の経済効果がいくらか知っているかね？」

緒賀は知らなかった。鶴松をチラリと見たが、彼も知らないようだった。

「約四百億円だ」

三枝がすぐに答えを言う。

「四百億。この犯人は、それを捨てろと言っているわけだ。どまつりに何の恨みがあるのかは知らないが、個人の恨み一つで、私たちの愛する名古屋から、最高に楽しい祭りと四百億円を奪おうとしている。それも、無差別連続傷害事件という、最も卑劣《ひれつ》な手段を用いてだ。諸君は、こんなことが許されて良いと思うかね？」

静寂。三枝はまた、数秒の余白を大会議室に作った。それから静かに、

「速やかなる犯人逮捕を諸君らにお願いする。私からは以上だ」

と言って着席した。

係長の樋口がすぐに立ち上がった。

「では、合同捜査本部発足にあたり、事件について現在までの情報の確認と共有を行いたいと思います」

報告は事件の発生順である。会議室の入り口側に座っていた、痩《や》せぎすの捜査員がまず話を始めた。

「名東警察署刑事課の青木《あおき》です。私から、最初の事件について報告させていただきます。事件発生は、八月八日の二十時二十分頃。被害者は平井野々花《ひらいののか》さん十七歳。今年のどまつりに、ダンサーとしてエントリー中です」

会議室正面にあるプロジェクターに被害の概要が映し出され、ほぼ同時に、プリントアウトされた捜査資料が参加している刑事たちに配られ始めた。

緒賀は、既に書かれている内容をもう一回朗読するだけの会議が嫌いだった。彼は耳の機能をオフにし、捜査資料を丹念に読んだ。

事件①

発生日時：8月8日。20時20分頃。

被害者：平井野々花（ひらいののか）17歳。高校二年生。

若月高校ダンス部のチーム「疾風（しっぷう）」に所属。「疾風」は、今年のどまつりにエントリー済み。

加害者は、おそらく男性。上下黒のジャージに黒いキャップ、黒いウレタンマスク。中肉中背。年齢不詳。

発生状況。どまつりのためのダンス練習終わりからの帰宅途中、友人と別れてひとりきりになったところを狙われた。すれ違いざまに右頬を平手打ち。そして「全治3

日」と書かれた四つ折りの紙を加害者は被害者に投げつけて逃亡。

事件②
発生日時：8月10日。22時25分。

被害者：高塚紗英（たかつかさえ）26歳。会社員。

地元のダンスチーム「天真爛漫（てんしんらんまん）」に所属。「天真爛漫」は、今年のどまつりにエントリー済み。

加害者は、おそらく男性。上下黒のジャージに黒いキャップ、黒いウレタンマスク。中肉中背。年齢不詳。

発生状況。被害者は、名古屋市港区入船にあるファミレスでダンスのフォーメーションについてのミーティング後、友人と一緒に帰宅途中の民家の駐車場にて、物陰から飛び出して来た加害者に拳大の石で背中を殴られる。転倒した被害者に、加害者は「全治1週間」と書いた紙を投げつけて逃亡。友人は、その場で警察に通報。

事件③
発生日時：8月13日。23時。
被害者：荒瀬加奈（あらせかな）20歳。大学三年生。

愛知県立大学の学生ダンスチーム「福輪内（ふくわうち）」に所属。「福輪内」は、今年のどまつりにエントリー済み。

加害者は、おそらく男性。上下黒のジャージに黒いキャップ、黒いウレタンマスク。中肉中背。年齢不詳。

発生状況。その日、被害者は、名古屋市東区にある名古屋市東スポーツセンターにてダンス練習に参加。終了後、一人で自宅アパートに帰る途中、コインパーキングに停車中の車の陰から、木刀を持った男が飛び出して来た。右腕と頭部を殴られる。現場に「全治2週間」と書かれた四つ折りの紙あり。幸い、骨折には至らなかった。

事件④
発生日時：8月15日。22時。

被害者：神田結子（かんだゆうこ）25歳。会社員。

名古屋市南区を中心に構成したダンスチーム「彩祭（さいさい）」に所属。「彩祭」は、今年のどまつりにエントリー済み。

加害者は、おそらく男性。上下黒のジャージに黒いキャップ、黒いウレタンマスク。中肉中背。年齢不詳。

発生状況。南区の笠寺公園内のミニスポーツ広場でダンスの練習後、本笠寺駅に向かう途中の公園で襲われる。凶器は、金属バットで、被害者はいきなり右足の向こう脛を強打された。現場には「全治3週間」の紙……

不快な感情が高まり過ぎたので、緒賀はここで一度、捜査資料から顔を上げた。

被害者は全員、女性。

被害者は全員、どまつりに出場予定。

これみよがしに現場に残されている「全治〇〇」のメモ。これは、大量に流通しているB5サイズのマルチコピー用紙に、インクジェットプリンターで印字したもので、このメモから真犯人に迫るのはおそらく無理だろう。

凶器は、素手、石、木刀、金属バットと、エスカレート。その次が広中大夏の事件であり、凶器は小さな刃物だった。現場に残されたメモには「全治4週間」と印字されていた。

では、次は？　次は全治三ヶ月か？　それとも殺人か？　凶器は何だ？　斧か？　日本刀か？　それとも銃か？

そこで緒賀は、小さな違和感を覚えた。何かに引っかかった。ただ、その場で、何に違和感を感じているのかを突き詰めて考えることは出来なかった。

「では、五件目の事件について、お願いします」

そう樋口が言い、それについては緒賀と鶴松が報告しなければならなかったからだ。

（おまえがやれ）

そう目で合図すると、察し良く鶴松は立ち上がった。

「五人目の被害者は広中大夏さん、二十八歳。女子大小路にあるタペンスというバーのバーテンダーです。彼は、どまつりを題材にした映画とのタイアップが予定されておりました。今年のどまつりは、どまつり出場チームのダンサーではありませんが、実は、彼はその映画にエキストラ・ダンサーとして参加予定でした。なので、この被害者も、どまつり関係者と言って良いかと思われます」

と、会議室の中ほどに座っていた刑事が、質問の手を挙げた。

「広中大夏というのは、今年の春の連続殺人事件の時の、あの、広中大夏ですか？」

その言い方だけで、会議室の中にいる捜査員たちは全員が理解出来た。

「はい。その、広中大夏です」

鶴松が答える。

「栄と錦の裏の顔役であるヤマモトと『トモダチ』だとかいう……」

質問してきた刑事が念押しするように確認してくる。鶴松は小さく肩をすぼめ、

「それはまあ、広中くんが勝手に勘違いをしているだけと思いますが。はい、そういう噂もある広中大夏くんです」

するると、その刑事は言った。

「と、なると、あれですね。今回の五人の被害者のうち、半分以上の三人が、ヤマモトと関係がある人物、ということになりますね」

大会議室がざわりと揺れた。三枝が眉を顰《ひそ》めた。

「どういうことかね？　君、詳しく説明をしてくれたまえ」

9

第一回の合同捜査会議が終わって五分後。カタカナで「ヤマモト」としか名乗らない男は、運転手と二人、新栄三丁目にある自分の事務所に向かって車で移動していた。特徴らしい特徴のまるで無い黒のワゴン。法定速度プラス時速10キロ以内を頑《かたく》なに守る安全運転で。

と、ヤマモトの携帯が鳴った。画面には「落語家」とだけ表示されている。

（ほー）

そう小さく呟いてから、ヤマモトは電話に出た。

「もしもし」

電話の相手は、挨拶的なことはすべて省いて、いきなり本題に入った。

「突然だが、どまつりの実行委員会相手に、何か仕掛けているのか？」

「は？　全然、話が見えませんが」

「私だって驚いたさ。でも、どまつり絡みで連続傷害事件の被害者が五人いて、そのうちの三人は、あんたと繋がりがあるって、所轄の刑事が発言をしてね」

「ほー」

「否定はしないのか？」

「や、否定はしますよ。どまつりと私の仕事は何の関係もありませんし、今後も関係する予定もありません。名古屋を愛する市民の一人として、どまつりの開催は毎年楽しみにしていますが、それだけです」

「ほー」

今度は、電話の相手が、ヤマモトと同じ相槌《あいづち》を使った。

「ちなみに、私と繋がりがあるとされた被害者は、どんな方なんでしょうか？」

ヤマモトが、丁寧な口調で尋ねる。

「うん。一人目は、十七歳の女の子だ。名前は、平井野々花さん」

「まったく存じ上げませんが」

「あんたがよく行くカフェのバイトらしいよ。あんた、彼女の店で、スタンプカードを作っただろう」

「スタンプカード？」

「一生懸命お願いしたら作ってくれたって。『とっても良い人でした』って」

「勘弁してくださいよ。そういうのは『繋がり』とは言わないでしょう」

「次が、大学三年生の女の子だ。名前は、荒瀬加奈さん」

「その子も、まったく存じ上げませんが」

「この子は、錦のガールズ・バーで働いていて、ついこの前、コワモテの客に絡まれて怖い思いをしたらしい」

「あー」

「おっと。思い出したようだな。店では、新木カナって名前らしいぞ。あんた、オーナーとして、だいぶスマートな感じに彼女を助けたらしいじゃないか」

「従業員を守るのは経営者として普通でしょう？　その私が、今度は彼女を襲う側に回る？　有り得ませんよ」

電話の向こうで、男が少し笑った。そして本題に入った。

「最後の一人が、広中大夏くん」

「広中大夏？」

「そうだよ。今年の春に、あんたが一肌脱いでやった、あの広中大夏くんだ」

「……彼も、今年のどまつりに？」

相手の男は、その質問には返事をせず、代わりにこんなことを言った。

「うちの刑事たちは、広中大夏とカタカナのヤマモトの組み合わせには、ちょっと神経過敏になっている。この間の事件から、まだあまり時間も経《た》っていないというのに、また同じ組み合わせな訳だからね」

「私は何の関係もありませんよ？」

「そうだろうとも。私もそう思っている。だが、現場の刑事たちは疑うことが仕事だからね。彼らがいろいろと嗅ぎ回ると、全然違うことを見つける可能性もある。それで、老婆心ながら、私はこうやって電話をかけているんだよ」

「……ご心配、ありがとうございます、本部長」

「礼には及ばんよ。それより知事選挙、期待してるぞ。変なことで躓《つまず》かないようにな」

それだけ言うと、電話は一方的に切れた。視線を上げると、ミラー越しに運転を任せている社員と目が合った。

「ちゃんと、前を見て運転しろ。明《あきら》」

ヤマモトは静かな声で言った。

「はい、すみません」

名前を呼ばれた社員が慌てて視線を前に戻す。ヤマモトは手でくるくると携帯を弄《もてあそ》びつつ、今の短い通話について考えた。

（変なことで躓かないようにな……か）

それは、確かに、そうだ。

そして、わずか一日前に事務所に来た、困った客について思いを巡らせた。

その客は、瘦せこけた老人だった。

車椅子に乗っていた。

「しばらく、社長室に籠《こも》る。客も電話も取り次ぐな」

そう秘書たちに告げていたにもかかわらず、古株の社員が、わざわざヤマモトを呼びに来たのだった。その社員は、老人が何者か知っていた。正しい判断だった。

「お待たせして申し訳ありませんでした。大変お久しぶりでございます」

そう言ってヤマモトは深く頭を下げ、そして、人払いをした。二人きりになると、老人は不機嫌そうにヤマモトを睨み、それから、

「アイツが、帰って来たよ」

と、掠《かす》れた声で言った。ヤマモトは、彼の黄ばんだ前歯を見ていた。

「確かですか？　あれからだいぶ時間も経ちましたし、見間違いという可能性も……」

「それは無い。俺は、この目で見たんだ」

そう言って、老人は煙草を取り出した。

「アイツの顔を、俺が間違えるわけがない」

「……」

ヤマモトのオフィスは全面禁煙だが、あえてそれは指摘しなかった。

「あの約束、まさか忘れたとは言わないよな？」

「もちろんです。自分は、受けた御恩は必ずお返しします」

「うん。おまえはそういう男だ」

老人は、煙草に火を付けると、肺胞の奥深くまで吸い、そして、ゆっくりと吐いた。

「一番、惨《むご》たらしい方法で殺せ」

「え……」

「指を切り、腕を切り、足を切り、両目を潰してから殺せ」

ヤマモトは小さく鼻を鳴らした。そして、今度は、声に出した。

「変なことで躓かないようにな……か」

言ってから、ヤマモトはクックッと小さく笑った。「殺しの依頼」を「変なこと」扱いするのは、さすがに「殺し」に対して失礼だと思ったからだ。

（しかし、俺は断れない……）

ヤマモトは、決断をした。

（殺すしか、ない……）

第2章

Detective of Joshidaikoji

1

男が見つけたのは「袋」だった。

女が見つけたのは「フォルダ」だった。

中を開けると、彼の探し物とは、違う物が入っていた。中を開けると、彼女の探し物とは、違うデータが入っていた。

男は、それを奪った。奪って、それを空に放った。

女は、それをコピーした。コピーして、それを転送した。

二人とも、その後どうするか、きちんと決めていたわけではない。咄嗟《とっさ》の行動だった。ただ、そうしなければいけないという確信があった。たとえ、それが、自らの不幸の引き金であったとしても。


人として。

2

名古屋駅から各駅停車で二十八分、快速や特急を利用すれば二十一分の距離に岐阜駅はある。そこから、北に三百メートル。洒落《しゃれ》た居酒屋や、小粋なセレクト・ショップの集まるタマミヤ商店街の端っこに、広中美桜と大夏の実家である喫茶「甍《いらか》」はあった。二年前、母の琴子に、認知症の初期という診断が出て店は閉じたが、今も、一階の内装は営業当時のままだ。

「こっちに帰ってきて欲しいんだよ。母さんのために」

二年前、弟の大夏から、電話がかかってきた。

「姉ちゃん。俺、認知症の介護なんて一人じゃ絶対無理。だから、錦の部屋は引き払って岐阜に帰ってきてよ。頼むよ。姉弟仲良く、介護は半分半分で頑張ろうよ」

美桜は、その日のうちに錦のクラブを辞め、岐阜に戻った。

翌日、大夏は、美桜にこう言った。

「俺、姉ちゃんと違って、男じゃん？　そろそろ家を出て、男として、大きな勝負ってやつをしてみたいんだけど」

「は？　ふざけんな！」

美桜は、カフェ用のテーブルを蹴り飛ばした。

「や、俺だって母ちゃんのことは考えてるよ？　でも、今働いてる店の店長がいきなり中学の時の部活の後輩に代わっちゃって、なのに俺はずっとバイトのままで、その後輩が俺に、職場ではちゃんと自分に敬語を使えって言いやがって……うわ！」

美桜は、大夏の言い訳に、渾身の右ストレートで応えた。が、怒りで肩に力が入り過ぎ、大夏の顔面にはクリーン・ヒットしなかった。

「何逃げてんだ、テメエ！　避けるな！　ちゃんと顔の真ん中で受け止めろ！」

「めちゃくちゃ言うなよ！　そんなパンチ、顔の真ん中で受けたら鼻が折れるよ！」

「それで良いんだよ」

「はあ？　何が良いんだよ！」

「おまえみたいなクソ男はな、一度きちんと痛い目に遭わないとダメなんだよ。だから私が、姉の責任としておまえを今ここで半殺しにする。グダグダ言ってっと、素手じゃなくて木刀持ち出すぞコラッ！」

大夏は逃げた。自分の携帯電話だけ握り締め、家から岐阜駅まで走り、電車に飛び乗って名古屋まで逃げた。以来、美桜は常にこう言っている。

「あいつはもう、弟じゃない。未来永劫《えいごう》、家族なんかじゃない」

にもかかわらず、広中家ではここ数日、リビングから繰り返し、その「元・弟」の声が大音量で再生されていた。

「広中大夏です。二十八歳です！　ダンスは初心者ですが、俺、死ぬ気で練習します！」

「広中大夏です。二十八歳です！　ダンスは初心者ですが、俺、死ぬ気で練習します！」

「広中大夏です。二十八歳です！　ダンスは初心者ですが、俺、死ぬ気で練習します！」

大きな木のトレイに昼食を載せ、美桜は憂鬱な気持ちでリビングに向かった。ちなみに、本日の昼食は『鶏《けい》ちゃん』。タレに漬け込んだ鶏肉を、キャベツ、人参、玉ねぎと一緒に焼いたシンプルな料理だ。これを、琴子は今日で四日連続、美桜にリクエストしている。

リビングに入る。

テレビ画面には、とある情報番組の映像。胸に大きなゼッケンを付けた大夏が画面の真ん中に映っていて、琴子がそれをうっとりとした表情で眺めている。ちなみに今月、琴子はずっと、オレンジ色の麦わら帽子にオレンジ色のTシャツ、そしてオレンジ色のスカートを穿いている。今日もそうだ。

「夏と言えばオレンジ色でしょ？　太陽みたいに明るくてポジティブで、大夏にぴったりの色だと思うの」

　そう、琴子は何度も言う。ちなみに、琴子は春の間はずっとピンク色の服を着ていた。ピンクは美桜の色だからだそうだ。

「広中大夏です。二十八歳です！　ダンスは初心者ですが、俺、死ぬ気で練習します！」

　リモコンで再生を止め、琴子はまた数秒だけ巻き戻す。

「お母さん、ご飯よ？　テレビは消して」

「でも、大夏がテレビのニュースに出てるのよ。ご飯なんか食べてる場合じゃないでしょ？」

「なんでよ。録画なんだから、ご飯食べてからまた観れば良いでしょ？」

「それじゃあ、ダメよ」

「なんでよ」

「ご飯の後にしたら、美桜ちゃん、どっか行っちゃうでしょう？　私は美桜ちゃんと一緒に続きを観たくて、ずっと最初の部分で止めてるんだから」

「まじか」

　琴子がまた再生ボタンを押す。

「広中大夏です。二十八歳です！　ダンスは初心者ですが、俺、死ぬ気で練習します！　あと、俺、女子大小路でバーテンダーやってます！　是非飲みに来てください！　女子大小路は、どまつりの会場のすぐ近くです！」

審査員席にいる女優がアップで映る。水田智秋。人気女優だ。彼女はマイクを手に取り、わざわざ大夏に質問をする。

「そのお店は、何ていうお名前ですか？」

「タペンスっていいます！　池田公園のすぐそりゃれありゅます」

大夏が緊張で言葉を嚙み、会場にいた全員が大声で笑う。それを観て、琴子も大笑いをする。

美桜は、琴子の手からリモコンを取り、テレビごと電源からオフにした。

「あら、美桜ちゃんったら」

琴子が口を尖らすが、その昔、「食事中はテレビ禁止」というルールを広中家に持ち込んだのは琴子である。

「さあさあ、冷めないうちに食べよ。いただきます」

美桜が、鶏ちゃんに手を合わせ、琴子も同じように手を合わせた。

「大夏のニュース、あと十回は観たいわ」

琴子が、鶏ちゃんを大口で頰張りながら言う。

「本当にあいつは、広中家の恥晒しだよね」

そう美桜が言い返す。

「あの子ったら、いくつになっても可愛い女の子の前だとあがっちゃうのね。なんて可愛いのかしら。そういうところ、パパにそっくり♡」

口の中に鶏ちゃんを入れたまま、琴子は「うふふ」と笑う。

「弟の話は嫌だし、うちらを捨てて出てった男の話はもっと嫌」

美桜がまた冷たく言い返す。

「やだわ、美桜ちゃん。そんな……捨てただなんて」

琴子が、両手を頬に当てて抗議をする。

「捨てたでしょ？　フィリピン・パブの女の方を選んで、私らを捨てたでしょ？」

少し肩をすくめて、美桜は言う。

「それはそうだけど、でもでも、それだって、悪いことばかりじゃないでしょう？」

「は？　どこが？　父親が家族を捨てて他の女と駆け落ちすることに、どんな良い部分があるの？」

「それはほら、これから頑張るのよ」

「はあ？　誰が、何を、頑張るの？」

と、琴子は箸をトレイに置き、背筋を伸ばして美桜に向き直った。

「美桜ちゃん、私はこう思うの。『未来に何をするかで、過去の価値は変わるのだ』」

美桜も自分の箸を持つ手を止め、疑わしそうな眼差しで琴子を見つめた。

「……お母さん、また何かの受け売り？」

「ギクッ」

琴子はその擬音を声に出して言った。

「ギクッ？」

「ううん。あのね、美桜ちゃん。実は、ええと、セミナー？　じゃなくて、勉強会？　じゃなくて、やっぱりセミナー？　とかいうのに誘われて、お母さん、この前行ってきたの。ええとええと、アドラー哲学？」

「お母さん！　それ、けっこう高いお金取られたんじゃないの？」

「ううん、大丈夫。まだ、体験入会だから」

言いながら、琴子がVサインをする。

(どこからが、認知症の影響で、どこまでが、元々のお母さんの性格だったんだろう)

美桜は内心、そんなことを考える。琴子は改めて箸を手に取り、美味しそうに鶏ちゃんを口に放り込む。そして、

「でも、良い言葉だと思わない？　『未来に何をするかで、過去の価値は変わるのだ』」

と言った。

「じゃ、未来に何をしたら、父親の駆け落ちに価値が出るの？」

美桜が質問をする。言ってから、少し意地悪な質問だとは思った。琴子は、それには何も言わなかった。聞こえなかった、という演技をしているように美桜には見えた。


十九年前。昼。

喫茶「甍」は、通常営業をしていた。

美桜は、大夏と一緒にタマミヤ商店街に買い物に出かけた。あんかけパスタのための野菜と卵とウインナーを買い足しに。

大夏は美桜の横でずっと、アホみたいに踊っていた。

店に戻ると、大夏は店内でも踊った。

それを見て、客のおじさんの一人が言った。

「坊主。もしかして、あれに出るのか？　ほら、あれ。なんだっけ。真ん中がどうしたとかいう……」

「それ！　どまつり！　にっぽんど真ん中祭り！」

大夏は、踊りながら答えた。

「だって、リーダーが父ちゃんなんだぜ？　出るに決まってるじゃん！」

「だからって、お店の中で練習するのはダメよ？」

そう、琴子が大夏を嗜《たしな》める。

「だって、父ちゃんが、ちょっとの時間でも練習しとけよって」

「だったら、店の外でやってちょうだい」

「外で踊ってたら、姉ちゃんに殴られた」

大夏が口を尖らせて言い、そんな大夏を美桜は小突いた。

「だって、歩いてる人にバンバンぶつかってるんだよ？　迷惑でしょ！」

と、その時だった。店の電話が鳴った。琴子は、ちょうどお盆にコーヒーを載せて運んでいたので、両手が塞がっていた。

「美桜。押して」

琴子に言われ、美桜は、電話機のオンフック・ボタンを押した。

「はい、喫茶『甍』でございます」

琴子が大きな声で応対する。

「母さん。仕事中、ごめんね」

父の声だった。その声は店じゅうに丸聞こえだったが、琴子はまるで気にせず、

「あら、お父さん。どうしたの？」

と、華やいだ声を出した。

「美桜と大夏は、もう帰ってるかい？」

「ええ。ここに一緒にいるわよ?」

「そうか。じゃあ、三人ともよく聞いてくれ」

なんとなく、いつもの父とは声の雰囲気が違っていた。大夏が、踊るのをやめた。

店には客が二組。常連の近所のおじさんとおじさんとおじさん。それと、初めて見る若い男の一人客だった。客も全員、父の言葉を聞いていた。

「実はな……」

声が、少しだけ上ずる。これから良くない話をするのだ。それが、まだ子供だった美桜にも察せられた。

「お父さん、フィリピン・パブの女性を好きになってしまったんだ」

「!」

店じゅうが、とても微妙な空気になった。

「これから、彼女と駆け落ちをする。だから、琴子、美桜、大夏……みんな、父さんのことは忘れてくれ。ごめん。じゃ」

そして、電話は切れた。

父さんのことは忘れてくれ。

ごめん。

じゃ。

なんて簡単な言葉。

父さんのことは忘れてくれ。

ごめん。

じゃ。

なんて簡単な、家族の終わり。

と、琴子が美桜と大夏の方に振り返った。

「オホホホ。お父さんったら何を言っちゃってるのかしら。お父さんにしては、珍しくつまらない冗談ね？」

同意を求めるように、琴子は二人の子供に言った。

「お父さんの冗談が面白い時ってあったっけ？」

大夏が言う。

「そう？　お母さんは、お父さんの冗談、好きよ？」

琴子が明るく言う。

「でも、今のはあんまり面白くなかったわね」

美桜が言う。

「そうね。でもまあ、良いじゃない。冗談は冗談なんだから」

そう、琴子が話を締め括《くく》る。

しかし、全然良くはなかった。あの電話は、冗談ではなかった。あれから十九年。父は今、どうしているのだろう。生きているのか。死んでいるのか。もしも願いが叶うなら、ぜひ、そのフィリピン人のホステスに貢《みつ》いだ挙句に捨てられ、どこかで野垂れ死にしていて欲しい。

3

「昨日の話ですけど。あれはもう、無視してもいいんじゃないですか?」

運転席の社員が、唐突に話しかけてきた。

「約束したと言われても、あの時とは事情が違うわけですし」

黒のワゴンは、桜通りから日銀前の交差点を右折し伏見通りに入っていた。十車線もある広い道の真ん中には、青々と緑の葉を茂らせた街路樹が並び、通りの両側には、窓に陽射しを白く反射するオフィスビルが林立していた。

「なるほど。おまえが俺なら、そうするわけだな？」

ヤマモトは静かな声で答えた。

「そして、俺はおまえのことをこう思うようになる。田辺明《たなべ》という男は、状況が変われば、一度交わした約束を簡単に反故《ほご》にする男だ、と」

「！」

社員の背中に緊張で力が入るのがわかった。ヤマモトはそれ以上、言葉を足さなかった。

☆

錦の繁華街から、少しだけ桜通り方面に外れた七間町《しちけんちょう》通りに、その建物はあった。コンクリート打ちっぱなしの外壁。四角く武骨《ぶこつ》な二階建て。天然石を高く積んだ外塀と、電動開閉式のガレージ。そして「中京興業」という看板。鉄製の堅牢《けんろう》なドア横にあるインターホンを鳴らすと、右上にある防犯カメラの下に、赤い点が数秒灯《とも》る。そして、ガチャンという鈍い音と共に扉のロックが解除される。

志村椎坐は、最奥にある個室にいた。

ちなみに「椎坐」という名前は「しいざ」と読み、本名だそうだ。彼の親が、皇帝ジュリアス・シーザーを意識して名付けたらしい。暗殺された男の名前を付けるなんて親の教養が疑われるな……と明は思っていたが、もちろん口に出したことはない。志村自身は、椎坐という名前を随分と気に入っているらしかった。

明は、黒のアタッシェ・ケースを抱えるように持ち、ヤマモトのすぐ後ろに付いて、一緒に志村の部屋に入った。志村は、大きく突き出た腹の前で、一本六万円するというチタン削り出しのパターを構えていた。明がアタッシェ・ケースを開くとヤマモトは中から分厚い白の封筒を手に取り、志村に差し出した。志村はパターを自分の腹に立てかけ、封筒の中を覗く。そこには、帯封付きのまま二つ……二百万円が入っていることを明は知っていた。志村は「ふん」と鼻を鳴らすと、それを無造作に自分のデスクの上に放った。

「相変わらず、おまえのところは景気が良いようだな」

陰気な声で志村は言う。

「オヤジの後押しのおかげです」

そう言ってヤマモトは頭を下げる。

「つまらん世辞を言うな。俺ではなく、浮田《うきた》先生んところの三代目の後押しのおかげだろ」

不愉快そうに言うと、志村はまたパターを手に取り、コツンとボールを打った。ボールは、カップの直前で右にスライスし、外れた。

浮田先生んところの三代目とは、七年前に県議選に立候補してトップ当選した浮田一臣《かずおみ》のことである。一臣は、三代続く政治一家の長男だった。ヤマモトは、大学を卒業したがあえて就職はせず、しばらく栄のバーでアルバイトをしていた。そして、浮田一臣の初選挙の時、ボランティアとして使って欲しいと彼の選挙事務所を訪ねた。精力的にビラを配り、選挙カーを運転し、街頭演説の聴衆が足りなそうな時はサクラを集め、一臣の演説動画を上手に撮影し、編集し、宣伝に活用した。すぐに一臣の信頼を得て、金銭の管理もある程度は任されるようになった。当選後、ヤマモトは浮田一臣の公設秘書になるだろう。周囲は皆、そう思っていた。が、ヤマモトはその選択をしなかった。ヤマモトは、浮田家に書いてもらった紹介状を手に、当時、「錦のシーザー（皇帝）」を名乗っていた志村の元を訪れた。以来、彼は外向きには、志村の舎弟ということになっている。

別のボールをセットする。パターで打つ。先ほどと同じように、ボールは、カップの直前で右にスライスして外れる。志村はパターを床に投げ捨てた。

「正直なところ、俺は、おまえのようなコアタマの良い金儲けタイプは好きじゃない。俺は、ゲンコツ一つでのし上がってきた男だからな」

ヤマモトは何も表情を変えない。

「おまえ、喧嘩《けんか》は強くないんだろ？　なら、なんでそのまま、政治の世界に行かなかったんだ？」

「自分にも夢がありまして」

「どんな夢だ？」

「日本を、元気にしたいと思いまして」

「ああん？」

志村が軽く凄んでみせる。だが、ヤマモトはそれ以上、夢についての説明をしようとはしなかった。そもそも「日本を元気にしたい」という大言《たいげん》が本気かどうか、明にはわからなかった。志村も同じだろう。やがて志村は肩をすくめると、

「ま、俺は、おまえが毎月こうやって金を稼いでくるなら、それで良い。おまえの夢にまで文句は言わんよ」

と言った。ヤマモトが小さく頭を下げる。志村は先ほど放った封筒を持ち上げ、デスクの引き出しの中に入れた。それから急に、意地悪なイタズラを思いついた小学生のように、性格の悪そうな笑みを浮かべた。

「ただな、ヤマモト。この世界、金儲けだけじゃダメだぞ。いざという時には『殺し』くらいやれんと、この世界では相手にされない。わかるか？」

「……」

「ヤマモト。ちゃんとわかっているのか？」

「はい」

「『はい』と言ったな？　この俺に、『はい』と」

「はい」

ヤマモトは、相変わらず、感情の変化を見せなかった。静かな声のまま、彼は答えた。

「いざという時には、『殺し』も頑張らせていただきます」

「ふは」

志村は軽く笑った。

「ちなみに、おまえの言う『いざという時』とは、どんな時だ？」

「オヤジのために、必要になった時です」

「なるほど。じゃあ、俺が命じた時は、おまえは『殺し』もやるんだな？　金儲けだけでなく」

「はい」

ヤマモトは、躊躇《ためら》いもなく答える。

「ふは」

志村はまた、軽く笑った。色の悪い舌で自分の上唇を舐《な》め、それから、ヤマモトの肩をポンと叩いた。

「これから、女の家に行く。ヤマモト、俺の運転手をやってくれや」

「あの、運転なら自分が」

明が、思わず言う。

「俺はヤマモトに言ってんだ」

志村はヤマモトを笑顔で見たまま言う。

「かしこまりました。すぐに車を回してきます」

ヤマモトは返事をすると、すぐに志村の部屋から出ていった。

☆

志村椎坐は、ヤマモトの後頭部を後部座席から眺めていた。眺めながら、同じことをずっと考えていた。

(なぜ、俺はこいつが嫌いなのか……)

頭は良い。

度胸もある。

ヤクザの世界に入るのに、先に、政治家から推薦状を貰ってくるなんて、普通の発想ではない。

口も堅い。

いつもポーカーフェイスなのも良い。

そして、金儲けが上手い。まだ若いのに、今や幹部たちより多くの上納金を志村に差し出してくる。

ずっと、有能な部下が欲しいと思っていた。シマを維持し、拡大していくのに、有能な部下は不可欠だ。最近では、知多半島の西岸を根城にした連中が、じわじわと名古屋方面に勢力を拡大してきている。シノギのメインは、海岸線に近いという地の利を生かした密輸だろうか。噂ばかりで確かな情報が手に入らない。暴力だけでなんとかなる時代はとっくに終わった。これからは、きちんとビジネスの出来る人間こそが必要だ。そんな時、ヤマモトが現れた。有能かつ、地元の有力な政治家ともパイプのある男だ。小躍りしたくなるような幸運のはずだった。しかし、ヤマモトが有能であればあるほど、志村の心は陰鬱になっていく。

（こいつをこの拳で殴り殺せたら、さぞかしスッキリするだろうな……）

そんな物騒なことを考える。もちろん、しない。自分は皇帝だ。名古屋随一の繁華街である錦の皇帝。ならば自分は、ヤマモトのような若者こそ上手に使いこなす男でなければならない。

必要なのは、もっと大きなアメだろうか？

それとも、恐怖という名のムチだろうか?

志村の愛人は、栄の社会教育館の近くに住んでいる。一方通行の多いこの街では徒歩で移動した方が早いくらいだが、志村は運転手付きの車で行くのをいつも好んだ。開発の進む周囲から少しだけ取り残されたような、燻《くす》んだ雰囲気の中古のビル。一階は居酒屋。二階と三階は漫画喫茶。どちらも、年内に退去することで話は付いている。四階は空き店舗。そして、最上階の五階に、志村は自分の愛人を住まわせた。名前を、間宮《まみや》沙知絵《さちえ》という。もともと彼女は岐阜に住んでいたのだが、志村の不動産ビジネスにおける「占有要員」を兼ねて、半年前にこのビルに引っ越しをさせられたのだ。

「オヤジ、着きました」

準備中の札が下がった居酒屋の前で車を止め、ヤマモトは後部座席のドアを開ける。

「おう」

「お迎えは、何時ごろにいたしましょう?」

「さあ、どうだろうな」

言いながら、車から降りる。このままずっと下で待っていろ、と命じてみようか。ただの嫌がらせだ。が、この男は顔色ひとつ変えないだろう。わかりましたと頭を下げ、その後、車の中であれこれと器用に仕事をするだろう。何も面白くない。俺が、自分の器の小ささに、少し自己嫌悪になるだけだ。バカバカしい。俺は、皇帝だ。大きな男でなければならない。

「ヤマモト。おまえも一緒に上に来い」

　上着の襟《えり》を直しながら、そう命じる。

「たまには、茶の一杯くらい、飲んでいけ。大丈夫だ。俺の車に駐禁を切る警官はいない」

「わかりました」

　ヤマモトは、無表情のまま頭を下げた。

　このビルには、エレベーターが無い。沙知絵の部屋は、せめて四階にすべきだったかと思いつつ、志村は階段をゆっくり上がる。早く上がれば息が切れる。志村は、そういう姿を女に見せるのが嫌いだった。なので、ゆっくり上がる。ヤマモトは無言でついてくる。やがて、五階。玄関前に、簡素な表札が出ている。

「間宮沙知絵　美月《みつき》」

　窓から志村の車が見えていたのだろう。ドアベルを鳴らす前に、沙知絵が玄関のドアを中から開けた。

「お帰りなさい、あなた」

☆

間宮美月は、帰り支度をして、中学の教室を出るところだった。

「やっと終わった！」

「補習、だる〜」

「スガキヤ寄ろうぜ」

同級生たちはそんなことを言い合いながら、固まって帰宅していく。美月は誰とも会話をせず、一人、教室を出た。友達はいないし、作るつもりもない。階段を下り、昇降口から外に出る。黒髪とセーラー服の紺色の襟を、太陽がじりじりと焼き始める。校庭ではサッカー部が、直射日光の中でボールを追いかけている。体育館からは、音楽や床を鳴らす足音と一緒に、笑い声や掛け声も聞こえてくる。暑さのせいで、みんな頭がおかしくなっているのだろう。美月は足早に校庭を横切る。と、校門まであと少しというところで、後ろから自分の名前を呼ぶ声がした。

「間宮！　おーい、間宮！」

振り向くと、担任の教師が、顔を真っ赤にしながら駆けて来た。痩せていて、ひょろりと背が高い。腕も足も長い。小さい顔に、黒縁の四角いメガネをかけているが、よく左右どちらかに曲がっている。汗っかきで、年中、額に汗を光らせている。この春に転任してきたばかりで、担当教科は体育。学生時代は器械体操でインターハイに出場したことがあるという噂だが、美月は興味が無かった。美月に追いつくと、担任の教師は肩で大きく息をしながら、

「間宮、今、帰りか？」

と、当たり前のことを訊いてきた。いちいち答えるのも面倒で、ただじっと彼の顔を見つめていたら、相手は何を勘違いしたのか、

「あ。先生の名前は、心太《しんた》だ。心太先生って呼んでくれ。名前をまだ覚えてなかったことは気にしなくて良いぞ」

と言って、顔をくしゃくしゃにして笑った。心太というのは下の名前ではないか。なぜ、生徒に自分を下の名前で呼ばせたいのか。気持ち悪い男だなと美月は思った。

「ところで先生な、間宮に少し話があるんだ。今、ちょっとだけ時間良いか？」

心太は、美月を強引に連れ戻す。昇降口から中に戻り、進路相談室に。そして、部屋に入るとすぐ、窓を大きく開けた。が、その日は無風で、窓を開けただけでは部屋は暑いままだった。いつになったら、学校にもクーラーが付くのだろう。担任の教師は、椅子を引いて美月を座らせ、机を挟んで向かい側に自分も座った。

「ところで、間宮。志望校は決まったか？」

美月の予想通りの質問を、彼はしてきた。

「高校には行きません」

仕方なく、美月は答える。すると、男はまた、顔をくしゃくしゃにして笑った。

「そうか。なるほど。つまり、間宮には夢があるんだな。その夢に向かって一刻も早くチャレンジをしたいから、高校に行っている時間が勿体《もったい》無いっていう、そういう前向きでポジティブな気持ちなんだな。先生、そういうのははっきり言って大好きだ。で、どんな夢なんだ？　間宮の夢、先生にも教えてくれないかな」

的外れにも程がある。美月はため息をつく。

「夢とか、何にもありません」

「そうか。そうなのか。まあ、夢っていうのは無理やり作るものじゃないからな。先生、そういう間宮の正直なところ、とっても良いと思ってるぞ」

なんなのだ、この男は。

私は、先生のこと、暑苦しいし気持ち悪いと思ってます。そう正直に言ってみようかと思った。が、おそらくそれを言っても、

「正直だな、間宮。先生、そういう間宮の正直なところ、とっても良いと思ってるぞ」

と言って、この男はまた、顔をくしゃくしゃにして笑うだろう。なので言わなかった。代わりに、

「じゃ、もう帰っていいですか？」

と言って、美月は立ち上がった。

「なら、帰る前に、一回だけダンスはどうだ？」

そう言って、彼は身を乗り出してきた。

「は？」

「心と体は連動しているからね。無心でダンスを踊ることで、見つかる何かもあると思うんだ」

「興味ありません。もう帰っていいですよね？」

くるりと背を向けて出口に向かう。その美月の左腕を、担任の教師はパシッと摑んだ。

「俺は、生徒みんなの『笑顔カウント』を記録してる」

「……は？」

何を言われているのかわからない。

「間宮。君はこの一ヶ月、一度も笑っていない。だから、先生は、君のことが心配でたまらないんだ。先生は、とにかく、間宮には笑って欲しいんだ」

何を言われているのかわからない。男の手を振り払う。

「いや、俺もね、生徒たちから『笑顔体操バカ教師』って呼ばれてることは知ってるよ？　最近はそれが、『笑顔ダンスバカ教師』になったことも、『笑顔どまつりバカ教師』になったことも知ってるよ？　確かに、先生も『どまつり』は初体験だ。どのくらい楽しいお祭りになるか、正直、先生にもわからない。でもな、間宮。それでもな、間宮。体験してみないとわからないことって、人生にはたくさんあると思うんだ」

　本当に、何を言われているのかわからなかった。

　体験してみないとわからないこと。

　いくつかの映像が、美月の脳裏でフラッシュ・バックした。

　たとえば、「お父さんはどこ？」と尋ねただけで、投げつけられた包丁。

　たとえば、「あんただって、稼ごうと思えばお金を稼げるんだよ？　もう十二歳なんだから」と母から言われた日の不味《まず》そうな朝食。

　たとえば、時々、家に来る偉そうな男が身体に付けている香水の臭い。その男が、いきなり美月の手に握らせてきた金。

「これで、二時間ほど遊んできな」

　と言われた。黙っていたら、

「ありがとうございますって言いなさい！」

　と、母からヒステリックに頭をこづかれた。あの時の惨めな痛み。

「先生。私、夢、ありました」

美月は、きちんと担任教師の方に向き直り、言った。

「母を殺して、母の愛人もついでに殺したいです」

「え……」

彼は絶句する。その表情を見ながら、美月は言葉を続ける。

「母から自由になったら、私、きっと笑えると思うんです。でもまだ私、中学生じゃないですか。普通にアルバイトもさせてもらえない年齢じゃないですか。だから、笑えないんです。笑いたくても笑えないんです。それともあれですか？　先生は、笑顔になるためなら、母を殺しても良いって言ってくれますか？　くれないですよね？なら、笑顔カウントとか気持ち悪いことは言わないでください。そして、私のことは放っておいてください。じゃ、失礼します」

嫌味のように深々と頭を下げ、そして美月は部屋を出た。担任の教師は、美月を追いかけては来なかった。校門を出て大通りを渡り、住宅街を歩く。いつもより徹底して日陰を歩く。日の光になんか、絶対に当たるものかと思う。太陽なんか嫌いだ。「心に、太陽を持て」みたいなことを言う人間も嫌いだ。あの担任は、いつか、そういう言葉を口にするだろう。想像するだけで、少し吐き気がした。岐阜駅からＪＲに乗って名古屋駅へ。夏休みのせいか、中央コンコースには家族連れの姿が多くあった。美月の足に、紺地に赤い金魚模様の浴衣《ゆかた》を着た女の子がぶつかる。すぐに母親らしき若い女性が「ごめんなさい！」と頭を下げる。

「いえいえ。お裾分け、ありがとうございます」

そう言って、美月も頭を下げる。母親も女の子もキョトンとした顔になる。わからないよね？　心の中で思う。あなたたちにはずっとわからない。エスカレーターを降りて、地下鉄東山線に。駅二つで栄駅。この春から、母親の都合で、ずっとここから岐阜まで通学している。クラスメイトも担任も知らないけれど。


「ヤマモト。こいつが噂の美月だ」

家に入ると、母の愛人が来ていた。志村という、ヤクザ自慢の中年男が、美月の姿を見るなり、そう楽しそうに言った。そして、美月の目を覗き込むようにして、

「ちょうど今、おまえの話をしていたところだったんだよ」

と言い、すぐにまた、傍らの若い男を見て、

「なあ、ヤマモト？」

と妖しく目を光らせる。

(面倒くさいタイミングで帰ってきてしまったな……)

美月は心の中でため息をついた。志村がいるのはよくあることだが、若い男は初めて見る顔だった。志村が、その若い男をやたらと意識しているのが、中学生の美月に

もすぐにわかった。母の沙知絵がずっと表情を固くしている。自分が帰ってくる前から、さぞかし嫌な雰囲気だったのだろう。志村がまた美月の方を振り返る。

「美月。こいつはヤマモトっていって、俺の部下の中では新顔なんだが、なかなか見どころのあるやつなんだ。どうだ。良い男だろう？　や、でも、美月からしたら、ヤマモトくらい若くてもおじさんかな？」

こういう時、何と答えるのが正解か、美月は知っている。

「そうですね。おじさんですね」

努めて素っ気なく答える。予想通り、志村は嬉しそうに笑った。

「そうだよな。美月はまだ十五だものな。俺もヤマモトも同じような『おじさん』だよな。だが、ヤマモトの方はどうかな。ついさっき、ヤマモトは俺に言ったんだよ。俺が命令するなら、自分は中学生とでもヤれるって」

「は？」

思わず、声が尖ってしまった。

「あなた！」

沙知絵が声を上げる。

「おまえは黙ってろ」

志村はいつも沙知絵には高圧的だ。

「なあ、ヤマモト。言ったよな？」

志村は、からかうような、それでいて敵意のこもったような目でヤマモトを見る。が、ヤマモトという男は、その敵意にあえて鈍感に振る舞うと決めているようだった。

「はい。子にとって、親の命令は絶対ですから」

彼は静かに答えた。美月は、少しだけ「意地悪」な振る舞いをしたくなった。

「子にとって、親の命令は絶対？」

わざと、同じ言葉を声に出して繰り返してみた。

「なるほど。その代わり、親は子に何かしてくれるんですか？」

母親がスッと目を逸《そ》らすのが見えた。

「ああ、すみません。つまらない質問でした。親がいないと子供は生まれてこないんだから、何もしてあげなくても親は親ですよね」

わざと、明るい微笑みを浮かべてみる。あまり挑発すると、志村という男は、横の若い男に「私とヤれ」と言い出すかもしれない。彼は、自分で自分の言葉にエキサイトしていく面倒なタイプだ。その前に、そろそろ退散しよう。

「私、これからまたすぐに出かけなければいけないんで、志村のおじさん、どうかゆっくりしていってくださいい。何時までは帰ってくるなとかあるなら、それも教えてください。その時間までは絶対に帰ってこないんで」

そう言い終えて、さっと立ち上がる。すると、意外なことに、ヤマモトという若い男が質問をしてきた。

「美月さんは、部活とか、されてるんですか?」

「え?」

なぜそんなことを訊くのか。美月は振り向いてヤマモトを見た。ヤマモトは無表情で、彼の質問の意図が美月にはわからなかった。

「部活とは違うけど、ダンス、やろうかなと思って」

美月は答えた。

「ダンス? 美月が?」

母親が、驚いたように言う。

「担任の先生が、どまつり? とかいうお祭りに、チームを作って出るぞって。だから、私も練習して、それに出なきゃいけないんです。じゃ、行ってきます」

美月はそのまま外に出て、今来たばかりの道を、再び歩き始めた。

さて。

どこに行くべきか。

4

月曜日。

どまつりの開催まで、あと四日。

どまつりタイアップ映画へのエキストラ出演のために結成された即席ダンスチーム『エビフリモ』は、この日もハードなダンス練習に励《はげ》んでいた。映画の制作会社が予約してくれた、ダンス用の大きなスタジオ。「セカンドＡＤの堀口《ほりぐち》芽衣です」と自己紹介をした若い女性が、器用に音響設備を操り、映画のクライマックス・シーンで流れるダンサブルな主題歌を繰り返し再生してくれている。ダンサー総勢四十五名。映画の中では、ここに、水田智秋をはじめとするプロの俳優が七名加わって踊ることになる。ファイナルのメインステージで。観客役のエキストラも千人は集まるらしい。千人の観客の前で、華やかなステージ照明をバックに踊れる機会など、滅多にあるものではない。参加者全員、練習は真剣そのものだ。体力の限りを尽くして踊る。踊り続ける。ただ一人を除いては。

「ダイキ！　なんでオマエがういろうを食ッテルんだ？」

左端で踊っていたメリッサが、何度目かの曲終わりで叫んだ。

「ダイキ！　汗ヲ掻いていないオマエは、アスラも飲ムナ！」

その隣りのレイチェルも叫ぶ。突然の名指しを受けた大夏は、スタジオの床に座り、桜味のういろうを頰張りながら、右手にスマホ、左手にはアスラというエナジードリンクを握り締めていた。

「でも、オレ、お昼食べてないし」

「練習モしてイナイ男ニ、差し入れヲ食う権利はナイ」

「エース不動産様とアスラ様ニ謝レ、コノ役立タズ」

「そんな……」

エース不動産は、栄を中心に物件の仲介や管理をしている不動産会社で、今回、「少しでも自分たちが栄の地域活性化の役に立つのなら……」と、映画への協賛に手を挙げてくれている。その関係で、今日の練習スタジオでも、入り口脇の長机の上に、『エース不動産様からの差し入れです』というメモと一緒に、ひとくちサイズのういろうを大量に差し入れしてくれた。同じく映画の協賛社として手を挙げてくれた株式会社アスラは、自社商品であるエナジードリンクを五ダース差し入れてくれた。ちなみにアスラは、アルギニン・シトルリン・BCAA・マレートを6000ミリグラムも配合しながらカフェイン無添加で、まさにハードなダンス練習には最高のドリンクだったが、だからこそ、まるで運動をしていない大夏が他のダンサーたちよりも先にそれに手を出すのは、なんともいえない不快感を周囲に与えたようだった。

「ダイタイニして、ダイキ！　貴様、サッキカラ目障りダゾ！」

「ソモソモ、ダイキ！　オマエ何デココに居ル？　サッサと病院へ帰レ！」

メリッサとレイチェルがそう叫ぶ横で、小料理屋の雪乃ママと、キャバクラ嬢のゆめが、うんうんと何度も頷く。怒鳴られた大夏は、

「ちょっと待ってよ。俺だって、振り覚えなきゃなんだから、動画撮影くらい良いじゃん！」

と、自分のスマホを振り回しながら抗議をした。

「振りの確認なら、そんなにロー・アングルから撮らなくても良いんじゃないかな」

ゆめがボソリと、しかし、スタジオの全員に聞こえる程度の音量で言う。

「いやいや、いやいやいや、ゆめちゃん。このギプスを見てよ。立って撮るとグラグラしちゃうし、パイプ椅子に座るとちょっと斜めになっちゃうから、床に座って撮るのが一番なんだよ。わかってよ」

大夏は言いながら、右足のギプスと、十針縫ったせいで包帯その他をジャージの中に内蔵して不自然に膨らんだ自分の右の尻を、哀れな声と共にみんなに見せた。彼の前に小銭を入れた空き缶を置けば、熟練の物乞いに見えるだろう。そんなことをゆめは思った。

「大夏くん。どまつりまで、あと四日よ?」

雪乃が、大夏の前にかがみ込み、幼い子供に言い聞かせるような口調で言った。

「どう考えても、大夏くんはもう、どまつりには間に合わないと思うの。だから、大夏くんはビデオを撮る意味も無いし、そもそもここにいる意味ももう無いと思うの」

「踊レないダイキは、モウ仲間ジャナイ」

メリッサが言う。

「ソウ。オマエはタダの期待ハズレ」

レイチェルが続ける。大夏は、半泣きに近い表情を浮かべながら、救いを求めるように、スタジオ内を何度もキョロキョロと見回した。が、大夏と元々知り合いではない残りの四十人は、水分補給をしたり、ストレッチをしたり、次の合わせに向けて細かな打ち合わせを周囲としたりしていて、誰も大夏のことは見ていなかった。

ドアが開き、別の映画スタッフが複数人で段ボール箱をいくつも運び込んできた。

「皆さん！　集合してください！　撮影の時に皆さんに着ていただく衣装が届きました！　これからサイズの確認をします！」

セカンドADの堀口芽衣が、華奢《きやしや》な体からは想像出来ないような大声でみんなに声がけをする。段ボールの中には、一着ずつビニール袋で個包装された衣装が入っていて、それぞれ着用予定者の名前が付箋《ふせん》で貼られている。金色をアクセントにした煌《きら》びやかな和装に、可愛らしいエビの尻尾が付いている。この尻尾が付くことになった経緯が映画の中では大事なシーンらしいのだが、エキストラ扱いの大夏たちは映画の決定稿を事前に貰えないので、詳細はわからない。

「この衣装で問題無く踊れるかどうか、各自で確認してください。動きにくい箇所がありましたら、至急こちらで直しをしますので」

芽衣の声はよく通る。顔は地味だが、よく見ると可愛く整っている。すっぴんとしか思えないような薄いメイクも大夏的には好みだった。

（智秋ちゃんと出会っていなかったら、俺、芽衣ちゃんに惚れちゃってたかもしれないな。あ。前にタペンスで智秋ちゃんが電話してた時、相手のこと「芽衣ちゃん」って言ってたな。智秋ちゃんの友達でもあるのかな。可愛い子って、友達もやっぱり可愛かったりするよね。何でだろう。不思議だ、不思議だ）

そんなどうでも良いことをごちゃごちゃと考えつつ、松葉杖を両手使いして、なんとか大夏も彼女の前に行った。

「衣装、Ｌサイズで申請しました、広中大夏です」

「え？」

段ボール箱は、既に空になっていた。

「え？」

大夏の中に、嫌な予感が走る。が、彼の衣装問題の結論が出る前に、芽衣の携帯が着信音を鳴らした。

「ちょっとごめんなさい」

そう芽衣は大夏に謝り、電話に出た。

「え……はい……そうですか……はい、わかりました」

電話は短かったが、そのわずかの時間の間に、わかりやすく芽衣の表情は曇った。携帯を切ると、芽衣はスタジオの中にいるダンサーたち全員に声をかけた。

「すみません。今、緊急の連絡が入りました。どまつりの実行委員会の方から、緊急で、皆様にご報告しなければいけないことが起きたそうです」

スタジオ内が少しざわついた。「緊急」という単語を、芽衣は二度も口にした。本当に緊急のようだ。

「とはいえ、この人数全員は、どまつりさんの会議室には入りきれません。皆さん、元々五人ずつの組でオーディションを受けられていたと思います。なので、その五人からお一人ずつ、代表の方だけ、今からどまつり実行委員会さんのビルの大会議室までご移動をお願いします」

「チームの代表?」

「はい、どなたか一名」

ちなみに、大夏たち五人のチームのリーダーはメリッサとレイチェルである。なぜか、このチームだけは二人リーダーということになっている。が、メリッサは、口をへの字に曲げてこう言った。

「ワタシ、カラダがダイナマイト・ボディだから、衣装のチェックを先にシタイ。会議はパス」

レイチェルも腰に手を当ててこう宣言した。

「ワタシ、もうスコシ、ダンスのフクシュー必要。本番近いカラ妥協はノー。会議はパス」

それを聞いて、ゆめが笑顔で大夏を見た。

「大夏くん、良かったね。みんなの役に立てるチャンスが出来たよ」

「え？」

「今から、大夏くんが私たちのリーダーってこと。やったね、リーダー。格好良いなあ。あ、どまつりさんの会議室には水田智秋ちゃんもいたりして。だって、緊急、なんでしょう？　ますます、やったねやったね」

言いながら、ゆめは大夏をハグした。そんな大夏の背中を、雪乃が優しくポンポンと叩いた。それでリーダー変更は決定だった。

5

男には土地勘があった。

それでも男は、犯行前に下見をすることにした。

まず、アパートの周囲をゆっくり二周し、防犯カメラなどが増えていないことを確認した。それから、アパートの裏側の小さなドアに、南京錠《なんきんじょう》などがかかっていないことも確認した。いざとなれば、簡単に乗り越えられる高さだが、目立つ行動はしないに限る。

犯行にかかる時間は、ほんの数秒だ。

日没前後の暗くなり始めの時間で、誰もがそれなりに慌ただしく、それでいて誰かに顔を覚えられるリスクが下がる頃が適当だろう。

右手をポケットから出し、数秒後にまたしまう。それだけで。

そして立ち去る。

騒ぎになる前に素早く立ち去る。

通りを右に。百メートル先に缶飲料の自動販売機。横に缶とペットボトル専用のゴミ箱がある。そこに「凶器」を投げ込む。「凶器」はとても小さい。パッと投げ込めば、誰も気がつかない。もちろん、指紋などは付けない。それに……万が一その凶器が後々発見されたところで、警察はそれを凶器と証明は出来ない。その凶器と自分を紐づけることも出来ない。現行犯で捕まらない限り、やつらは何も証明出来ないのだ。

たった百円。

たった百円の投資で、あの生意気な女をゆっくり地獄に落とすことが出来る。そう思うと、男はとても気分が高揚した。

最高だ。

どまつりの開催直前というタイミングも最高だ。

悪い方の可能性も、もちろん考えた。

最悪、無関係の人間が死んだりすることもあるかもしれない。

確かに、あるかもしれない。

(だが、それがどうした……別に、俺の知り合いってわけじゃない)

それより、日没までどこかでゆっくり、イベント前のワクワクを楽しもう。

男は、栄に出た。

灼熱《しゃくねつ》の栄ウォーク街を、松葉杖を両脇に抱えて懸命に歩いている男を見た。足にギプス。不自然に膨らんだ尻も、おそらく怪我をしているのだろう。まだ松葉杖の使い方に慣れていないようで、彼は男の目の前で派手に転んだ。見るからに痛そうだった。

男は顔を顰《しか》めた。松葉杖の彼は、しばらく芋虫のようにジタバタしていたが、男はもちろん手助けなどせずにその場を去った。

6

地下鉄東山線名古屋駅の改札前で、とある中学生の男女が初めてのデートの待ち合わせをしていた。

二人とも、異性とのデートは初めてだった。

二人とも、

（楽しくないって思われたら、次のデートは無いよね……）

という心配をしていた。

二人とも、自分のことを、話のつまらないルックスもパッとしないダサめで退屈めな人間だと思っていた。

女の子の方が、先に待ち合わせ場所に着いた。二十分も前だった。

着いてすぐ、見慣れた改札前が、いつもよりずっと華やかなことに驚いた。何が違うのだろう。わからない。でも明らかに何かが違う。初デートで私はそこまで舞い上がっているのだろうか。と、改札の向こうから、男の子も現れた。約束の時間まで、まだ二十分もあるのに。まさか、同じ電車だったのか。男の子は、女の子が既に到着していることに驚き、その驚きのせいか、「やあ」も「早いね」も、「お待たせ」もなく、彼女から目を逸らしてモジモジとした。女の子は女の子で、なんとなく、最初の第一声は彼に話して欲しくて、やはりモジモジと黙っていた。

数秒の後、男の子は言った。

「どまつりのポスター、すごいね」

「え?」

女の子は顔を上げ、あたりを見回す。そうか。そういうことか。見慣れた改札前がいつもよりずっと華やかだったのは、どまつりのカラフルでレトロポップなポスターが、地下空間全体をジャックしていたからだった。ポスター掲示用のすべての場所が、どまつりになっている。

「どまつり、良いよね。私、好きなんだ」

女の子は言った。

「じゃあ、行く?」

男の子が言った。

「今年のどまつりは、一緒に行く?」

「え? 良いの?」

「え？　だめ？」

「ううん。全然。行く。一緒に」

今日のデートで振られるかもしれないと心配していたのに、そのデートをする前から、次のデートの約束が出来てしまった。

「あ、そういえばさ。名鉄の前にあるナナちゃん人形、どまつりバージョンになってるらしいよ。ちょっと見ていかない？」

そう言って、男の子が歩き出す。

（ありがとう、どまつり）

女の子は心の中で呟いた。


久屋大通公園では、一人のホームレスが、色褪《あ》せたタオルを畳み、垢《あか》じみた衣類を畳み、数少ない私物の小物と共に紙袋に詰めていた。そして、その作業を終えると、今度は自分の段ボールハウスを丁寧に解体し始めた。

「あんた、引っ越しするのか？」

隣りのホームレスが声をかけてくる。

「もうすぐ、どまつりだからな」

「あー、今年もそろそろか。早いな」

「おまえは移動しないのか？　ミズベヒロバのゴジラだって、引っ越しを済ませてるぜ」

「あんなでっかいゴジラが？　いや、それは気づかなかったな」

「テレビ塔の下に行ってみろ。ゴジラのやつ、今はそこでくつろいでる」

「ふーん」

　隣人は知っていた。

　この男は、どまつりの会場設営の邪魔にならないよう、毎年最初に引っ越しをしていく。そして、どこかの公園の水道で髪を洗い、器用に自分一人でハサミで散髪し、一年かけて貯めたへそくりでユニクロのパンツとポロシャツを買い、予選から毎日どまつりのステージを客として楽しむのだ。

（別れた家族の誰かが出場してるのかもしれないな。息子とか。娘とか）

　そんな風に彼は想像しているけれど、本人に質問したことはない。そんなヤボなことは訊かない。

「じゃ、俺も準備をするかな」

　寝慣れた場所から移動するのは不便だったが、隣人もまた、自分を名古屋人だと思っていた。

（一年に一度くらい、名古屋に貢献するのも悪くない）

そう呟きながら、彼も、衣類を畳み始めた。

坂井《さかい》優奈《ゆうな》は、中部国際空港の職員だ。中部国際空港、通称「セントレア」。優奈がそこで働き始めて今年で七年になる。主な担当は、貨物輸送機から荷物を受け取る貨物センター業務だ。

「これ、同じ段ボールが四十七個もあるんですけど、差出人、何て読むんですかね」

新人社員の村瀬《むらせ》龍也《たつや》が、優奈に尋ねてきた。

「宙嵩」

そう、角角がくっきりとした筆跡で書かれている。

「そらね」

「そらね？」

「新千歳空港からの荷物でしょう？　それ、北海道から来るどまつりチームの荷物よ」

「へえー。どまつりって、北海道からも来るんですか？」

「海外からだって来るよ」

「へえー、そうなんだ。でも、どまつりって客は見てるだけなんでしょ？」

「ん？」

「俺、出身が徳島で、ずっと阿波《あわ》踊り踊ってたから、見るだけってのはどうも燃えないっていうか」

その言葉を聞いて、優奈は作業の手を止めた。パンパンとパンツの埃を手で払うと、

「龍也くーん。君はまだまだ名古屋は素人だね」

と言ってニヤリと笑った。

「どまつりも、客は一緒に踊るよ。ファイナル・ステージのラストには、総踊りってやつがあるからね」

「総踊り？　どまつりに総踊りがあるんですか！」

龍也の徳島人としての血がカッと上昇した。

「なら俺、今年は有休取ってどまつり行きます！」

龍也はそう高らかに宣言をした。

「や、ごめん。それは無理」

優奈が即座に却下する。

「え？　無理？　なんでですか？」

龍也の質問に、優奈は軽く肩をすくめた。

「その日はもう私が有休を取ってるから」

「え……」

祭りの日が近くなるにつれ、ゆっくりと、だが、確実に、街の人の気持ちも祭りにフォーカスしていく。

深く関わる人にも、当日だけ楽しむ人にも、参加はせず、ただその日の街の混雑にびっくりしただけの人にも、祭りは何かを残していく。とてもポジティブな何かを。温かい何かを。

だが、その年、名古屋の人々はまだ知らなかった。

祭りの中止の決定が、すぐそこまで迫っていることを。

7

名古屋市中区栄四−十六−三十三。公益財団法人にっぽんど真ん中祭り文化財団は、そこに建つ日経ビルの二階にある。大夏たちが呼ばれたのは、そのワン・フロア上。三階の大会議室だった。

整然と並んだ長机。前方左側の席にはお揃いの真っ赤なスタッフTシャツを着た学生委員たちが固まって座っている。他は、今年のどまつりに出場予定のチームの代表たち。各チーム数人ずつで固まり、不安げな表情でボソボソと小声で私語をしている。

大夏は、松葉杖移動だったせいで到着が遅く、説明を受ける側としては最後の入場者だったようだ。空き席は最前列の真ん中にしか既になく、なので大夏は仕方なくそこに座った。やがて、スーツ姿の男性が三人、入ってきた。先頭は、オーディション時にも見た長身の男性。文化財団の専務理事である水野孝一だ。その後ろの二人を見て、大夏は「うぐ」と変な声を出してしまった。大夏が、今でも時々夢に見る男たちだった。

緒賀冬巳。その相棒の鶴松祐希《ゆうき》。二人とも、愛知県警の刑事だ。

今年の春、コメダ珈琲栄四丁目店の目の前で、大夏は緒賀から強烈な突きをお見舞いされた。鳩尾にめり込んだ拳。文字通りの悶絶。意識が絶えるほどの悶《もだ》えというものがどういうものか、大夏はあの時、自らの身体で思い知った。それだけではない。その翌日の夜、大夏は中警察署の取調室でまたも緒賀と再会した。緒賀は大夏の頭髪をいきなり鷲摑《わしづか》みして、

「おまえを十年はブタ箱にブチ込んでやるからな」

と凄んだ。相棒の鶴松はその暴力行為を隣りで容認しただけでなく、

「しかしあれだね。君、緒賀さんのパンチを受けてまだ無事に生きてるってすごいね」

と、ヘラヘラと笑っていた。あの笑顔にも傷付いた。

「皆さん。どまつり本番に向けての練習、お疲れ様です。皆さんの日々の努力、本当に素晴らしいと思っております」

正面中央に立つやいなや、水野はすぐに話し始めた。

「そんな中、本日、極めて残念なお報《しら》せを皆さんにしなければならないこと、私自身、非常に無念に思っております」

会議室全体が、ざわりとする。

緒賀が一歩前に出た。

「皆さま、初めまして。愛知県警の緒賀と申します」

「同じく、愛知県警の鶴松です」

やや後ろのポジションをキープしたまま、鶴松も簡単な自己紹介をする。

「実は今、名古屋市内で連続傷害事件が発生しています。被害者は、現在判明しているだけで五名。最初は全治数日程度の軽傷でしたが、犯行は毎回エスカレートしており、五件目の被害者は全治一ヶ月を超える重傷を負いました」

言いながら、緒賀がチラリと最前列の大夏を見た。

(重傷のくせに、なぜおまえはそこにいるんだ?)

とその目が言っている。大夏は、自分の尻と足のギプスを触りながら目線を落とした。

「被害者は、全員、今年のどまつりに出場予定の方でした」

また、会議室全体が、ざわりとする。

「これからお話しすることは、くれぐれも内密にお願いします。SNSに書き込んだり、マスコミに勝手に話をしたりしないよう、厳《げん》にお願い申し上げます」

言いながら緒賀は、胸ポケットから折り畳んだコピー用紙を取り出し、それを開いて会議室全体に見せるよう、自分の顔の前に掲げた。

「本日、どまつり実行委員会宛に、脅迫状が届きました。これはコピーですが……実はこれ、二通目の脅迫状になります」

緒賀は、言いながら、一人ひとりの表情を確認するかのように、ゆっくりとその場にいる全員を見回す。もしこの中に犯人がいるなら、自分はそれを見抜く眼力があるのだぞ……そう言いたそうにも見えた。確かに、もし自分が犯人だったら、恐怖で表情は強張り目も逸らすだろう。そんなことを大夏は思う。

「繰り返しになりますが、このことについてはくれぐれも内密にお願いしますね。SNSに書き込んだり、マスコミに勝手に話をしたりしないように。では、読みます」

そして緒賀は、低いがよく通る声で、二通目の脅迫状を読み上げた。

『にっぽんど真ん中祭りの実行委員会に告ぐ。私は、どまつりと、どまつりに関わるすべての人間を深く憎む者である。今年のどまつりを中止せよ。あるいは、現金で、十億円を支払え。さもなくば、次は、人が死ぬぞ』

専務の水野が、ハンカチで自分の額に浮かんだ汗をそっと叩く。会議室のクーラーはかなり強めに設定されているのに。と、大夏は急に、脅迫状の「次は」という言葉の持つ意味に慄然《りつぜん》とした。

次は、人が死ぬ……次は、殺人事件……傷害の度合いを五件連続でエスカレートさせてきて、次からはついに殺人事件……五件目の被害者は自分。ということは、一つ順番がずれていたら……俺は殺されていた！

俺が、殺人事件の被害者になるところだった！

階段に潜んでいたあの男。手にしていた刃物。記憶と共に大夏の胃はギュッとなり、尻と足の怪我がズキリと痛んだ。

（マジか……ギリギリじゃないか……怖え……）

緒賀は、脅迫状を読み終えると、しばらく黙った。大夏側に座る会議室の全員も黙っていた。専務の水野が、また額の汗を拭き、空咳を二度した。それから、ようやく話を前に進めた。

「まず、その、これは当たり前のことですが、不審者には厳重に注意してください。

この会議後、捜査本部への直通電話番号を皆さんにもお渡ししますので、チームのお仲間と共有してください。そして、少しでも不審な者を見かけたら、あるいは何か周囲に違和感を感じたら、すぐに警察へ連絡してください。結果、ただの勘違いであっても何も気にすることはありません。何かあってからでは遅いのです。少しでも気になることがあったら、捜査本部まで電話をしてください。これはとても大事なことです」

聞きながら、大夏は小さく頷く。最前列に座っているせいで、背後のみんながどんな表情なのかは確認出来ない。

「私は、どまつりを愛しておりますが、どのようなエンターテインメントも、人命に勝《まさ》るものではありません」

水野の声が、大きくなった。大夏の両側に座るダンサーたちが、皆、少し身じろぎをしたのを大夏は感じた。

「現実に、被害者が出ていること。犯行がエスカレートしていること。そして、犯人逮捕の目処《めど》が現在まだ立っていないこと。それらを総合的に考えると、私としては、大変……大変、無念ではありますが……今年のどまつりは中止も真剣に検討」

水野は、その言葉を最後まで言うことが出来なかった。

「中止は絶対にダメです！」

ガタンと大きな音を立てて学生委員の女の子がひとり立ち上がった。体を捻って彼女を見る。大夏も顔を覚えている女の子。委員長だ。今年のどまつりの学生委員長。名前は、確か、稲熊彩華サン。

「中止なんて有り得ないです！　なんで、簡単に諦めるんですか？」

彼女は、怒りで顔面が蒼白《そうはく》だった。

「簡単に考えてなんかいない！　でも、何かあってからでは遅いんだ！」

水野の声にも少し怒気が含まれたように大夏は感じた。が、学生委員長は怯《ひる》まなかった。

「私、毎年実行委員やってたから知ってます。去年だって一昨年だって、公表してないだけで、脅迫状みたいなの、たくさん来てましたよね？　テロを起こすとか、参加者殺すとか、そういうの、たくさん来てましたよね？」

「それらは、ただのイタズラです。でも、今年は、実際に怪我をした人たちが出てるんです」

「だからって中止ですか？　そうやって、卑劣な犯人に成功体験を与えて良いんですか？」

「しかし」

学生委員長は、反論しようとする水野の言葉に、猛然と自分の思いを被せた。

「だったら、来年からは、日本中のすべてのお祭りを中止にしますか？　こっちが下手に出たら、あいつら、調子に乗りますよ？　匿名で脅迫状出したり、ネットに犯行予告書き込んだり、そういう卑怯《ひきょう》な連中が、みんなみんな飛び上がって喜びますよ？エスカレートしますよ？　あいつら、自分が頑張れないから、頑張ることを楽しめないから、他の人たちが頑張ることを邪魔するんです。そんなやつらに、今年のどまつりは負けるんですか？　成功体験を与えるんですか？　どまつりが負けたら、次はどうなるんですか？　祇園祭ですか？　ねぶた祭りですか？　徳島の阿波踊りですか？そうやって歴史あるお祭りを全部全部中止にして、日本はそれで良いんですか？『人命第一だもん良かった良かった』ってなるんですか？」

言うほどに、話すほどに彼女は怒りが抑えきれなくなり、最後は自らの足でドンッと床を踏み鳴らした。

「……私は、納得いきません。中止だけは、絶対に、認めないです……」

彼女はそう発言を締めくくると、右手でゴシゴシと顔をこすり、机の上の黒いリュックを掴んで会議室から出て行った。その横顔には、涙が光っていた。彼女が後ろ手でドアを閉めた数秒後、彼女の隣りに座っていた学生委員が手を挙げた。すらりと背の高い女性だった。水野は彼女に（どうぞ）というように右手を差し出した。その子は小さく頷き立ち上がった。

「どまつりMC班の班長、杉下奈緒です。あの……中止はまだ『検討』ってだけで、『決定』ではないんですよね？　たとえばなんですけど、どまつりの本番までは、小学校の集団登校みたいに練習の行き帰りも全員で固まって行動するとか、練習場所に防犯カメラ付けるとか、チームごとに警備のボランティアを募集するとか、まだまだやれることってあるんじゃないでしょうか？　そうやって、これ以上被害者を出さないようにしている間に、刑事さんたちが犯人捕まえてくれれば、どまつりも映画も、無事にそのままやれるってことになりませんか？」

「……」

「どまつり開幕まで、あとたったの四日です。ファイナルのステージまで、あとたったの六日です。たったの六日間なら、私たちの努力で、犯人に負けないことも可能じゃないでしょうか？」

会議室の後方から、

「賛成します！」

「そう思います！」

「もう一週間もないんです！」

「みんなで力を合わせて乗り切りましょう！」

などの声が飛んできた。

「中止は負けと一緒です！」

「負けたくないです！」

「一年間、みんなで頑張ってきたんです！　いろんなことを犠牲にして、頑張ってきたんです！」

会議室は騒然となった。

8

美桜は、「甍」の厨房で玉ねぎスープを作っていた。皮を剝いただけの玉ねぎをコンソメでコトコトと煮て、仕上げに黒コショウを振るだけのスープ。元の玉ねぎが素晴らしいので、それ以上の何かをする必要性を美桜はまったく感じない。

と、

「うわー、香り最高！」

そう言いながら、みさきが顔を出した。生成《きな》りの無地のTシャツに、黒のダメージ・ジーンズ。グレイスでの艶《あで》やかな着物姿のチーママとはまるで別人である。四人掛けの店のテーブルの上には、みさきへのお裾分け用に、既に段ボール箱が一つ用意してある。みさきは、中から玉ねぎを一つ手に取り、

「硬く締まってて重みもあるし、今年も良い玉ねぎねー！　毎年ありがとう、美桜ちゃん」

と、それに頬擦りしながらお礼を言った。

「毎年四十キログラム来ますからね。お店を営業してた時ならともかく、今だと私と母では絶対食べきれなくて。貰ってもらえて、こっちこそ助かってます」

「で、相変わらず、差出人は不明なの？」

「ええ、まあ」

「案外、望月先生からだったりして」

「それは無いです。望月先生がお店に来るようになる前から届いてるんで」

「あらあ。望月先生より熱心なファンってことかしら。美桜ちゃんの」

美桜は、柳ヶ瀬のグレイスに来る前は、名古屋の錦で働いていた。そしてそこでも、売り上げナンバーワン・ホステスだった。みさきはそのことを言っているのだ。

「いやいや。違うでしょう。それならお客さんはここじゃなくて錦のお店に持ってきたはずだし。ま、良いんです。確かに最初は不気味だったけど、母が『きっと甍のファンからよ！』って言って毎年大喜びするので、遠慮なくいただくことに決めたんです」

言いながら、美桜ももう一度その段ボール箱を見る。普通なら、産地やブランド名が大きく書かれた専用の段ボール箱が使われると思うのだが、毎年届くその玉ねぎは、いつも無地の段ボール箱だった。その送り手は、わざわざ、無地の段ボール箱に玉ねぎを入れ替えているのだろう。それはなぜだろう。誰が、そんな面倒なことをするのだろう。そして、そもそも、なぜ玉ねぎなのだろう。

過去、何度も考えた疑問。しかし、それを考え続けることは出来なかった。テーブルの上に置いておいた美桜の携帯が鳴ったからだ。

☆

どまつり学生委員長である稲熊彩華は、火にかけられたまま透明な鍋蓋《なべぶた》をかぶせられたような暑さの街を、汗だくになりながら足早に歩いていた。

久屋大通公園のエディオン広場。両側を青々とした樹木に挟まれて気持ちの良い空間。そして、三日後には、どまつりのファイナル・ステージが出現する場所。既に、ステージ・セットを組むための資材は積み上げられている。櫓《やぐら》型に重なり合った鉄パイプ。ステージ用の大型パネル。それらを覆うブルーシートが、陽射しを眩しく反射している。

『にっぽんど真ん中祭りの実行委員会に告ぐ。私は、どまつりと、どまつりに関わるすべての人間を深く憎む者である』

刑事が読み上げた脅迫状のことを考える。

意味がわからない。

どまつりを深く憎むって……そんなことがあるだろうか。たとえば、最高のパフォーマンスをしたと思ったのにファイナルに残れなかったとか、そういうことはあるかもしれない。練習や本番で怪我をしてしまったとか、そういうこともあるかもしれない。でも、それって、殺人事件を起こすほどの憎しみに繋がるものだろうか。

それとも、憎しみ云々は実は嘘で、単にお金が欲しいだけ？

それともそれとも、大勢の人が楽しんでるものを壊したいっていう、単なる愉快犯のクソ野郎？

と、彩華の携帯がブルブルと震えた。委員会仲間の奈緒や和樹からだろうか。一応、ポケットから取り出して、通知のバナーを確認する。相手は、ムーン・ライズという芸能プロダクションのマネージャー春川《はるかわ》だった。どまつりは、学生委員長と名古屋のご当地タレントの二人で司会をするのが通例だったが、年々祭りの規模が拡大し、テレビ中継なども入るようになった関係で、今年からは、バック・ステージ中継のリポーターもキャスティングすることになったのだ。そして、その初代として採用されたのが、どまつり大好き声優として売り込みのあった栗生《くりお》凛《りん》さん。ムーン・ライズ社は、彼女が所属している事務所である。

（もう、中止の連絡が行ったのだろうか）

そう考えただけで、彩華は道路の上に座り込みたくなる。

「私、親友が愛知県の出身で、それで、どまつり、五年連続観ていて、そのうち、親友より私の方がどまつりの大ファンになっちゃって。なので、今回のリポーター募集のお話を聞いた時、アニメのレギュラーより、どまつりのスケジュールの方を優先して欲しいって、私、事務所に頼んだんです」

先月に一度顔合わせをした時、栗生凛は、そう言って、本当に嬉しそうに微笑んだ。彩華は恐縮して、何度も何度も、年齢は一つしか変わらないこのアイドル声優の女の子に頭を下げた。どまつり中止と知ったら、彼女もさぞがっかりすることだろう。

出る。

「もしもし」

「稲熊さん、お忙しいところ、直接お電話しちゃってすみません。実は、当日の控え室についていくつかお伺いしたいことがありまして」

「え？　控え室？」

「はい。控え室、ステージ裏に仮設されるプレハブなんですよね。そこ、姿見の鏡は置いてありますか?」

「鏡?」

「はい。もしあるようでしたら、その鏡の大きさも教えていただきたくて。もし小さいものしか無いようでしたら、東京から持っていくことも考えたいなと」

「え? 東京からわざわざですか?」

「はい。栗生が、憧れのどまつりに出るのだから、自分にやれることは完璧にやりたいと言っていまして」

「……」

「? もしもし?」

「あ、すみません。ちょっと感動してしまって」

「え?」

「あの。鏡はあったと思いますが、サイズまではここに資料が無いので、調べて春川さんにショートメールします。それで大丈夫ですか?」

「助かります。ありがとうございます」

切れる。

事件のこと。中止の可能性が高いこと。まだ伝わっていないようだ。もちろん、時間の問題であることは間違いない。

短い電話だったが、彩華の心には新たなダメージがあった。そして、猛烈に喉が渇いてきた。

☆

着信画面に「弟」と一文字だけの表示。以前は「クソボケ」で登録していたのだが、それを知った母の琴子から、

「お願いだから変えて！　普通にして！」

と泣いて頼まれたのだった。ちなみに、変更したらすぐにケロッとしたので、あの時の母は嘘泣きではなかったかと美桜は今も疑っている。

「美桜ちゃん、出ないの？」

みさきが言う。

「弟さんでしょう？　姉弟で仲良くするのも親孝行の一つよ」

みさきは更にそんなことを言う。美桜は、しぶしぶ電話に出た。

「姉ちゃん、俺だよ！　俺、俺！　実はさ、メリッサとレイチェルと一緒に映画に出ることになったんだけど、実は実は困ったことになっちゃって、本当は家族にも話しちゃいけないって言われてるんだけど」

美桜は電話を切った。

「え？　何で切ったの⁉　まだお話し途中だったじゃない？」

「や、オレオレ詐欺《さぎ》かと思って」

「そんなわけないじゃない。メリッサさんとレイチェルさんの名前も出てたし、それに何かに困ってるって」

「でも、声を聞いた瞬間に、こいつを殴りたいって気持ちがお腹の底からぶわぶわわって」

美桜の言葉を聞いて、みさきは大きくため息をついた。と、再び美桜の携帯電話が鳴った。

着信画面に「弟」と一文字だけの表示。

「出てあげよう？　美桜ちゃんももう大人なんだから」

そう言って、みさきは美桜を見つめる。美桜は、電話に出た。

「だからさ、姉ちゃん！　犯人を捕まえないことにはメリッサやレイチェルがメッチャ困るんだよ。あ、それに、小料理屋の雪乃さんもキャバ嬢のゆめちゃんも、女子大小路の名探偵である俺のことを信じるって。何なら、少しなら探偵料も払うからって」

美桜は電話を切った。そして、みさきが何か言うより早く、

「さっきより三秒は我慢しました」

と言った。

「嘘。さっきよりも短かった」

みさきが睨む。

「え？　本当ですか？」

「うん。短かった」

「……でも、みさきさん。あいつは、生まれついてのクソですよ？」

そこで、三度目の電話が鳴った。だが今度は、美桜の携帯ではなかった。厨房と、かつての喫茶「甍」のフロアを仕切っているカウンターの上の固定電話が鳴っていた。この電話が鳴ることは滅多に無い。もう何年も鳴っていない。今、喫茶「甍」の店の電話番号を知っている人間なんて、日本に十人もいないのではないか。

なので、これも大夏だ。携帯を二度切られ、次はもう出てもらえないと思い、発信者がわからない店の固定電話にかけてきたのだ。いつの間に、そういうくだらない知恵を付けたのだろう。

そもそも、美桜はこの旧式のＦＡＸ付き電話が嫌いだった。捨てたいと思っていた。琴子が猛反対しなければ、本当に捨てただろう。なぜならこの電話は、美桜に、父の最後の声を再生した電話だからだ。

十九年前の夏の日。まだ営業していた「甍」。オンフック機能で店中に響きわたった父の声。

「お父さん、フィリピン・パブの女性を好きになってしまったんだ。これから、彼女と駆け落ちをする。だから、琴子、美桜、大夏……みんな、父さんのことは忘れてくれ。ごめん。じゃ」

その電話を、今、大夏が鳴らしている。そう思うと、美桜は、大夏のことがまた少し嫌いになった。

怒りを胸に溜めたまま、美桜は固定電話のオンフック・ボタンを押した。大夏のためだと、腕を顔まで持ち上げる動作すら嫌だったからだ。

が、違った。その電話は大夏からではなかった。聞き覚えのない女の声だった。その女は、いきなりこう言った。

「あの男に、気をつけて」

「は?」

「志村椎坐に、気をつけて」

「?　志村?」

☆

十分後。

彩華はよく知らない居酒屋のテーブルに座っていた。陽に焼けて色褪せた紺色の暖《の》簾《れん》。天井からぶら下がっているのは燻んだ白熱球。壁にベタベタと貼られた手書きのメニュー。四人掛けのテーブル席が縦に五つ並んでいて、そのうちの一つに彩華は一人で座る。明るいうちから飲める店ならばどこでも良かった。そして、一人で居酒屋に入るのも、明るい時間から飲み始めるのも、彩華には初めてのことだった。

油でべとつくメニューを開くと、店員が来た。

「年齢確認、先にいいっすか？」

無言で財布を取り出し、そこから学生証を引っ張り出す。

「ご協力どーもです。では、ご注文を」

生ビールとどて煮と手羽先をオーダーする。生ビールは特大ジョッキで。店員が去る。思考はまた、今日のあの会議に戻る。刑事が読み上げた、あの脅迫状。

『にっぽんど真ん中祭りの実行委員会に告ぐ。私は、どまつりと、どまつりに関わるすべての人間を深く憎む者である』

ふざけんな。私がおまえを殺してやる。心の中で、彩華は犯人に対して毒づく。おまえのせいで、どまつりが中止になったら、その時は、何年かけてもおまえを見つけ出して殺してやる。それも、とびっきり惨たらしい方法で！

生ビールはすぐに運ばれてきた。特大ジョッキを両手で持ち、彩華は豪快に喉に流し込む。視線の先に、この店の雰囲気とは合わないパステル・カラーのポスターを見つける。社会教育館跡に最近出来た「スローアートセンター」。そこが月に一回開催している Slow Art Market の告知ポスターだった。先月、スローアートセンターまで行って、どまつりのポスターを何枚も貼らせてもらったことを思い出した。職員の人に「楽しみにしてます」と言われ、「最高のどまつりにするんで期待していてください」と胸を張ったことを思い出す。

ああ、そうだ。ポスター貼りといえば、名古屋駅から新幹線で一駅隣りの岐阜羽島《ぎふはしま》まで遠征もした。ＪＵ岐阜羽島オートオークションという会社が、もう何年も連続で、

「岐阜県からもたくさんのチームが出場してるからね」

と、どまつり開催一ヶ月前から、必ずポスターを貼ってくれる。その数、なんと百枚。広大なオークション会場がどまつり色で埋め尽くされる。しかも今年は、車関係で知り合ったというＬＡＮという運送会社さんまで紹介してくれた。岐南町《ぎなん》まで彩華たちが訪ねると、なんと社長自らが出迎えてくれた。

「じゃあ、うちのトラック全部に、どまつりのポスターを貼ろうか。百台近いトラッ

クが愛知や岐阜を毎日走るから、きっと良い宣伝になると思うよ」

そう言って、少し強面《こわもて》の社長は、親指を立てて笑顔で「GOOD」サインをしてくれた。あれは心強かった。

ダメだ。これまでの記憶が次から次に溢れて止まらない。みんなが応援してくれたどまつり。みんなが楽しみにしているどまつり。それなのに。

『にっぽんど真ん中祭りの実行委員会に告ぐ。私は、どまつりと、どまつりに関わるすべての人間を深く憎む者である』

まじで、まじで、ふざけんな。


そして、四十分後。

「お客さん、大丈夫ですか？」

店員に背中を叩かれ、彩華は起きた。四人掛けテーブルに突っ伏して、彼女は眠っていた。どまつりの準備の追い込みで、この一ヶ月、平均睡眠時間は三時間くらい。ロング・スリーパーである彩華にとっては、体力的にきつい日々だった。そこに、特大ジョッキで酒を流し込んだ。立て続けに生ビールの次はレモン・サワー。その次はグレープフルーツ・サワー。そのあたりで記憶が途切れている。

「すみません……大丈夫です……」

言いながら、彩華はのろのろと立ち上がり、トイレに向かった。手洗い場の鏡に映る自分の顔を見る。酷い顔だ。悲しい。こんな顔を他人に見られるのは耐えられない。もう家に帰って寝てしまおう。そう彩華は決意する。蛇口をひねり、顔を洗い、外に出てすぐに会計をお願いする。二千七百八十円を支払って店を出る。安いとは思うが、それでも、バイトを休んでどまつりの準備に集中していた彩華には痛い出費だった。

歩く。

未だ、外は容赦のない暑さだった。先ほどの居酒屋が空調「強冷」だった反動で、彩華は体全体が漬物石になったかのようなダメージを感じた。

でも、歩く。他に選択肢が無い。

歩道の石畳に躓き、時々、電柱に手をついて休んだりしながら、彩華は西川端通りのアパートまで歩いた。

周りを植栽にぐるりと囲まれた、築五十年超えの二階建て木造アパート。外階段脇のポストには、乱暴に突っ込まれた大量のチラシとダイレクトメールが溜まっている。中には必要な郵便物もあるのかもしれないが、パッと見では判別出来ない。彩華はそれらを全部引っ張り出し、くしゃくしゃのまま鞄に押し込んだ。錆《さび》が浮いた手すりを気にせず摑み、階段をなんとか上る。途中、一階の部屋の電気がすべて消えていることに気づく。あのパワハラ大家は留守らしい。このアパートは、元々は立派な一軒家だったのだが、十年以上前に、二階部分を改築して賃貸アパートにしたという。大家はそのまま一階に住み、二階は彩華のような貧乏学生が三組住んでいる。彩華以外の学生は、今は二人とも帰省中だ。簡単にピッキング出来そうな古いシリンダー・キーを鍵穴に差し込む。回す。ドアを開ける。荷物を投げ捨てながら、部屋の奥に転がり込む。ここで、彩華の体力は尽きた。畳敷きの六畳間に大の字になり、左手でクーラーのリモコンをなんとか摑む。

運転。

風が届き始めると同時に、彩華は浅い眠りに落ちた。どこか遠くで、玄関の呼び鈴が鳴った気がする。どうせ、セールスだろう。どうでも良い。私は眠いんだ。もう起きたくないのだ。だが、なぜだろう。暑い。クーラーが壊れたのか？　ものすごく暑い。あと、変なノイズが聞こえる。パチッ……とかパチパチッとか……うるさい。あと、臭い。なんだろう、臭いって。あーもう、眠いのに。私は、すっごく、眠いのに。大家に文句言ってやる。パワハラ・ジジイ大家。あんなショボイ身なりで、名前だけジュリアス・シーザーから取って椎坐とかいうの、滑稽《こっけい》過ぎる。そういえば、あの病院に呼びつけられた一件はなんだったんだろう。あー、本当に暑い。臭い。うるさい。

私、すっごく眠いのに！

彩華は薄目を開けてみた。視界が白く煙っている。プラスチックの焦げたような臭いが鼻をつく。

「！」

恐怖が全身を走り、彩華は飛び起きた。異変の原因は彩華からわずか三メートルのところにあった。

彼女の部屋の玄関が、燃えている！　それも、轟々《ごうごう》と、音を立てて燃えていた。彩華は、つんざくような悲鳴を上げた。

と、その時だった。

彩華の背後の窓ガラスが、突然、派手に砕け散った。

そして、人がひとり、勝手に彩華の部屋に入ってきた。

第3章

Detective of Joshidaikoji

1

女の身体を、力ずくで引き寄せる。
そして突き飛ばす。
男には、蹴り。
全力で。鳩尾に。その後はベランダだ。
落下する。
数秒後には、骨が砕け、肉が潰れる鈍い音。
ぐしゃり。
それを彼は、暗くて強い夜風に吹かれながら聞いた。

犯罪者になってわかったこと。
それは、月並みでありきたりだが、夜、眠れなくなるということだった。部屋の電気を消すと、あの光景が蘇る。

落下していく男。その驚愕の表情。

骨が砕け、肉が潰れる鈍い音。

いくつか市販の入眠剤を試したが、あまり効果は無かった。ずっと入眠剤を使う金も無かった。結局、最も不眠に効果があったのは「疲労」だった。シンプルに、肉体を疲れさせること。彼は、そういう仕事をすることにした。眠るために。


ある日、滅多に着信の無い彼の携帯電話が震えた。あと五分で昼休憩が終わるという時だった。画面を確認すると、やはりそうだった。

あの女。

あの日、あの時、あの音を同じ場所で聞いた女だった。

目立たぬよう気をつけながら、作業場の外に出る。

「もしもし」

心臓の鼓動が速くなるのを感じながら、彼は電話に出た。

女の話は、今年のどまつりについてだった。

「もう、我慢しなくて良いんじゃないかしら」

そう女は言った。

「こんなチャンス、なかなか無いと思うの」

夜。

小さな台所に、六畳一間の住居。ちゃぶ台と簡易なベッド。どちらも、粗大ゴミに出されていたのを拾ってきたものだ。今日も全力で身体を苛《いじ》めるように働いたが、眠気はまったく来てくれなかった。

女の言葉について考える。

「もう、我慢しなくて良いんじゃないかしら」

あの光景を思い出す。

落下していく男。その驚愕した顔。

女の言葉について考える。

「こんなチャンス、なかなか無いと思うの」

どまつり。

落ちていく男。

どまつり。

自分も出るはずだった祭り。

どまつり。

ぐしゃり。

一睡も出来ぬままに朝を迎え、彼は仕事に向かう。作業場に入ると、社長が大声で出張希望者を募《つの》っていた。

「場所は名古屋のタカシマヤ！　期間は一週間！」

元々予定していた人間が、真夏にインフルエンザにかかって行けなくなったらしい。時期は八月の末。ちょうど、今年のどまつりが開催されるタイミングだ。

なんということだ。

彼は嘆息する。

試されている。

そうも思った。

自分は、今、試されている。陰険な神から、一度決めたことを守り通せるかどうか試されている。

またしても、あの女の声。

「もう、我慢しなくて良いんじゃないかしら」

どうやら、自分は負けるらしい。彼は、雇い主に向かって小さく手を挙げた。

「私、行きたいです」

2

名古屋市中村区のとある角地に立つ十二階建てのビル。その六階の個室。

白いブラインドは四十五度の角度で少し開けられ、その向こうでは、名古屋の空が茜色に染まっていた。部屋の中央には、上品な木目のマホガニー製の両袖机。中央にMacBookが一台とトラックボール・マウス。コーヒーの入ったカップが二つ。書類は一枚も無い。その代わり、という訳ではないが、デスクの両端には、深緑のマントに立体機動装置と双剣を装備したミカサ・アッカーマンの可動フィギュアが、ポーズ違いで二体、置かれている。この個室の主人は、強い女性が好きだった。美しくて、強い女性だ。そのどちらか一つでも欠けてはダメだと、この個室の主人は思っていた。

「い、一千万円ですか?」

来客用の椅子に座る中年女性が悲鳴に近い声を上げた。

「ふ、不倫の場合の慰謝料の相場は、五十万円から頑張っても三百万円くらいって聞いてますすけど……」

痩せた体にベージュのスーツ。悲鳴の次は、消え入りそうな小さな声で女性は言った。

「哀しい現実です。日本の弁護士は、本当に喧嘩が下手だ」

望月康介は、そう言ってからおもむろに、芝居がかった満面の笑みを浮かべた。

「しかし、私、望月康介、肉体的な喧嘩は不得手ですが、法律を駆使した喧嘩なら誰にも負けません。慰謝料は一千万円。あらゆる手を駆使してむしり取りましょう！」

「あらゆる手、ですか？」

「そうです。あらゆる手、です。塀の向こう側に落ちない範囲で、とことん、無慈悲に、グワッとむしり取ってやりましょう！」

言いながら、望月は、力強くむしり取る動作をしてみせる。勢い余ってデスクを少し叩いてしまい、ミカサ・アッカーマンのフィギュアの顔が少し動いた。望月は、それを丁寧に直す。そして、同じくらいの丁寧さでこう締め括った。

「慰謝料も大事ですが、それよりも大切なのは、あなたの誇りです。人権と言っても良い。あなたの夫は、三十年間も、あなたに対して嘘と裏切りを積み重ねた。それがどれほど重い罪か、あなたは彼に思い知らせるべきだと思いますよ」

五分後。依頼人は退室した。

「先生。私、夫と戦ってみます」

そう言って、彼女は最後、頭を下げた。

「頑張るので、どうか、よろしくお願いします」

望月は、冷めてしまったコーヒーに口をつける。

（まあ、二〇パーセントというところだろうな……）

小さく鼻を鳴らす。二〇パーセントというのは、彼女が最後まで頑張れる確率のことだ。

（せめて、「戦ってみます」ではなく、「戦います」と言い切って欲しかったな……）

とはいえ、彼女の人生は彼女のものだ。望月の人生ではない。他人の人生に手を差し伸べるのは難しい。弁護士といえど、だ。

MacBookを開く。

スクリーン・セーバーは、広中美桜の写真を集めたスライド・ショーに設定してある。

「グレイス」で撮った写真から、後で美桜だけを切り抜いて拡大したもの。

「グレイス」のチーママのみさきから、プライベートでの美桜とのツーショット写真をこっそりプレゼントしてもらったもの。

ネットから拾ってきたもの。美桜はSNSの類《たぐ》いを一切やっていないが、彼女と一緒に写真を撮った人間は、自慢げにそれをネットにアップする。それと、本人に無許可で撮影されたもの。「スゲェ美人発見！」などのコメント付きである場合が多いが、美人と褒めたからといって盗撮が許される訳ではない。

（訴えたら勝てるぞ、おい）

そんなことを思いながら、いつかの訴訟のために、望月は粛々《しゅくしゅく》とこれらの「証拠保全」をするのが日課になっている。

ちなみに、このスライド・ショーに加わった最新の写真は、岐阜・池田町のレストラン「桜坂」での写真だ。躍動感溢れるこの写真は、美桜が、店の駐車場で、とあるモラハラ夫に強烈な膝蹴りを叩き込んだその瞬間を望月本人が激写したものだ。控えめに言って、傑作である。もちろん、傑作だからといって盗撮が許される訳ではない。

（訴えられたら負けるな。うん）

そう思う。

（脈、無いんだろうな）

そんなことも思う。急に、とてつもなく大きな寂しさを感じて、望月は驚いた。大声を上げて泣いてしまいたい。が、ここは職場だ。涙が溢れないよう、グッと上を向く。首周りにたっぷりと付いている脂肪が邪魔だ。それでも上を向く。両手を伸ばし、MacBookを抱き寄せる。このスクリーン・セーバーを美桜本人だったらと想像しながら。

「何してるんですか？　望月先生」

いきなり、ドアの方向から秘書の緒方真紀《おがたまき》の声が飛んできた。

「へ？」

慌ててMacBookを元の場所に戻す。

「びっくりしたなあ！　ノックしてから入ってよ！」

「ノックならしましたよ？」

「聞こえないノックはノックじゃないよ！」

年齢不詳のこの秘書は、望月の抗議を無視して、彼のデスクの上に領収書を一枚一枚並べ始めた。

「な、何？」

「こちらは、お返しします。今年度はもう『グレイス』の領収書は受け取れません……と経理課からの伝言です」

「え？」

「武士の情けで、三枚だけは接待交際費にしておきました。残りの十七枚は自腹でお願いします、とのことです」

それだけ言うと、真紀はくるりと背中を向けて部屋から出ていく。追いかけて彼女の足にすがりつこう。そう思って望月が立ち上がった瞬間、彼の携帯が鳴った。

「ふへっ⁉」

あまりの驚きに、腰が抜けた。元の椅子に座りたかったが、うまく肘置きを掴めず、彼は絨毯《じゅうたん》の床に崩れ落ちた。携帯はまだ鳴っている。出なければ。命懸けで出なければ。彼は机に手を掛け、渾身の力で自らの巨体を持ち上げる。切れないでくれ。手を伸ばす。まだ携帯は鳴っている。なんとかそれを掴み、震える太い指で「通話開始」のスライド操作をする。

「み、美桜ちゃん！」

望月は叫んだ。咆哮《ほうこう》した。

「ど、どうしたの？　ぼくに電話をくれるなんて、は、初めてだよね？」

「お仕事中だということはわかっていたんですけど、みさき姉さんが、名古屋のことなら望月先生に相談すると良いわよって……あ、ごめんなさい、みさき姉さんのせいにしちゃダメですね」

「グレイス」では聞いたことのない、柔らかな声音だった。

「いや、何言ってんの。美桜ちゃんからの電話なら、ぼくは二十四時間いつでもウェルカムだよ！」

必死に低音を意識しながら望月は答える。心臓が早鐘のようだ。血圧は百六十を超えているだろう。このまま自分は死ぬかもしれない。が、こういう死に方ならいつでもウェルカムだ。そう望月は思った。

「ありがとうございます。実は、ちょっと変な電話がかかってきまして」

美桜が申し訳なさそうに言う。

「変な電話？」

美桜は、一呼吸だけ間を空けてから望月に尋ねた。

「先生。志村椎坐という人、ご存じですか？」

3

「担任の先生が、どまつり？　とかいうお祭りに、チームを作って出るぞって。だから、私も練習して、それに出なきゃいけないんです。じゃ、行ってきます」

そう言って、美月はそのまま外に出た。

「気は強いが、あれはイイ女になるな。食べごろになるまであと少し、という感じかな？　なあ、ヤマモト」

下卑《げび》た笑いを浮かべて、志村はヤマモトに話しかける。ヤマモトはずっと無表情だった。そういうところ、美月とよく似ていると沙知絵は思った。

と、窓の外から三回、クラクション音が聞こえてきた。三回目の音だけが、挑発するように少し長い。

「なんだ？　俺の車にクラクション鳴らすバカがまだいるのか？」

沙知絵の部屋に来る時はいつも、志村はビルの目の前に違法駐車をする。

「俺の車に駐禁を切る警官は名古屋にはいねえ」

それが志村の口癖だった。

ヤマモトが無表情のまま立ち上がり、窓を開けて下を覗き込んだ。

「ボンネットになんか載ってますね」

ヤマモトが言う。

「俺の車にか？」

「はい。それに、フロントガラスに何か挟まってます。メモですかね。自分、ちょっと見てきます」

ヤマモトは小さく頭を下げ、沙知絵の部屋から出て行った。

「さっきのあれ、冗談ですよね？」

志村と二人きりになったので、沙知絵は勇気を出して切り出した。

「あん？」

「まさか、あの子のことを、そういう対象としては見ませんよね？」

「なんだおまえ。ヤキモチ焼いてんのか？」

「あの子、まだ中学生ですよ？」

「俺はな。この街で一番守備範囲が広い男だ」

そう嘯《うそぶ》いて、志村は意地悪く笑った。

「来る者は拒まず。が、去る者は潰す。あるいは、押し倒す。おまえの娘、俺の金で生活しているくせに、いつも俺にちょっとばかり反抗的だからな。現実ってものを、そのうち教えてやるのも悪くない」

「あなた！」

冷静にと思いつつ、顔色が変わってしまうのを沙知絵は止められなかった。

「おまえもだ」

志村が沙知絵に人差し指を突きつける。

「俺に向かって、女房みたいな口を利くな。俺とおまえは対等じゃねえ。俺は金を払う側。おまえはそれを、這いつくばって拾う側だ」

「……」

これ以上、何か言っても意味は無い。逆に、この男を望まぬ方向にけしかけることになるだろう。

「私、お茶を淹《い》れて来ますね」

この話題はもう切り上げよう。しばらく黙り込んだ後、そう決めて沙知絵は立ち上がった。そのタイミングで、ヤマモトが外から戻って来た。

「ボンネットの上に、これが置いてありました」

ヤマモトは、白木の箱を両手で抱えていた。装飾的な英字でワインの名前が刻印されている。シャトー・ペトリュス。

「本物だとしたら、百万近い値段になりますね。で、これがフロントガラスに挟まってました」

白い封筒と、その中に、三つ折りの便箋。ヤマモトはそれを志村に差し出した。志村の背中越しに、沙知絵もその手紙を覗き込んだ。


『志村組長』

達筆な手書きの文字だった。

『先日、錦のクラブで志村組長をお見かけしました。お声はあえておかけしませんでした。なぜなら、組長はその時、安いお酒をお召し上がりでしたから。私、組長を尊敬しておりましたので、とても悲しく思いました。人前ではせめて、このくらいのお酒を飲んでいただきたく。三河』

最近、栄や錦に進出しようとしている余所者《よそ》ヤクザとの小競り合いが起きている。そう志村が愚痴をこぼすのを沙知絵は聞いたことがあった。確か、三河地方と言っていなかったか？　志村は、手紙を薄笑いを浮かべたままゆっくりと読んだ。それから、ワインのコルクの部分を居間のテーブルに叩きつけた。瓶の上部が砕け散り、ワインの芳醇《ほうじゅん》な香りが、狭い部屋にふわりと満ちた。志村は立ち上がると、ワインのボトルをヤマモトの頭上で傾けた。彼の白いワイシャツがあっという間に赤くなる。まるで血染めだ。ボトルが空になると志村は言った。

「ヤマモト、屈辱だろう？　これが今の俺の気持ちだ。わかるか？」

「わかります」

ヤマモトは淡々と答える。

「なら、どうする？」

「……」

「こんなことを親である俺にされて、ヤマモト、おまえならどうする？」

「そうですね……」

ヤマモトは、髪からポタポタと赤い雫《しずく》を垂らしながら、静かに言った。

「三河の連中は経済ヤクザと聞いています。やつらを潰して、やつらの資産を根こそぎいただくというのはどうでしょう。ざっと、二十億円ほどになるかと思います」

「に、二十億だと？」

「はい。やり方によっては、もう少し増えるかもしれませんね」

「ってことは、おまえ、まさか……」

ヤマモトが沙知絵を見る。（席を外してください）という意味だと沙知絵は理解した。

「タオル、取ってきますね」

キッチンに行く。すぐには戻らない方が良いだろう。なので、タオルの用意だけでなく、お茶も淹れることにした。茶葉の入った戸棚の下の引き出し。そこには、少し厚みのある白い封筒が入っていた。先ほどの、志村宛の手紙が入っていたのと同じ型の封筒だ。

ちょうど一週間前の昼過ぎ。滅多に鳴らないこの家のインターホンが鳴った。美月は学校の補習で、家には沙知絵しかいなかった。志村が突然来たのだろうか。急いで紅を引き、髪の毛を手で整えてから、玄関に行った。が、そこにいたのは、見知らぬ男だった。黒のスーツをすっきりと着こなした男。四十代前半から半ば、という雰囲気だった。

「近所に引っ越して来た三河と申します。今日は、引っ越しのご挨拶にやってきました」

男は、熨斗《のし》のかかった箱を手に、道端にいるキャッチセールスのような明るい笑顔で立っていた。

「引っ越しって、このビルじゃないですよね？」

沙知絵は、驚いて訊ねた。沙知絵と美月は、志村の命令でこのビルに住んでいる。占有というやつである。不動産競売物件に居座り続け、落札者に対して極めて割高な立ち退き料を要求する。つまり、沙知絵と美月は、志村のビジネスの手駒だった。そんなビルに、新たに誰かが引っ越してくるとは、考えられなかった。

「このすぐ隣りのマンションです。それで、これはお近づきのしるしです」

男は手にしていた箱を、差し出した。

「それでは、今後ともどうぞよろしくお願い致します」

最後まで、感じの良い笑顔と話し方だった。男が帰ると、沙知絵はすぐに受け取った箱の中身を確認した。ブランド物の花柄のタオルが三本。その上に、白い封筒が置かれていた。中には、一万円札が三十枚、入っていた。

沙知絵は、このことを志村に伝えるべきか迷っていた。三十万円は高額だ。なんとなく、切り出しにくい気がしていた。三河という名前は尚更だ。部屋で暴れる志村が容易に想像出来た。お湯が沸く。茶葉だけを取り出して、沙知絵はそっと引き出しを閉める。このお金のこと。三河と名乗った男のこと。沙知絵はそれらを志村には伝えないことにした。

ゆっくり数字を十まで数えてから、沙知絵は急須に茶葉とお湯を注いだ。

4

その日、望月康介は冴えていた。

「大切な話は電話ではなく、会って話すことが大事だと思う。ぼくは弁護士として、常にそれをモットーにしている。大切な話であればあるほど、直接会って目を見て話すことが大事なんだ」

そう言って、美桜を納得させたこと。プラス1ポイント。

次に、会う場所を、いつもの岐阜・柳ヶ瀬ではなく、名古屋にしたこと。実家から遠くなればなるほど、男女の関係が前進する可能性は高くなる。プラス2ポイント。

もちろん、自分のオフィスで会ったりはしない。オフィスで会ったら一〇〇パーセントお仕事モードになってしまう。ここは、きちんとレストランを予約したい。それも、人気の高い予約困難店の個室が良い。望月は、東区東桜にある個室高級焼肉店「ヤキニク　旭」に電話をした。

「あ、もしもし。私、山猫法律事務所の望月と申します。支配人、いらっしゃいますか?」

今日の今日で普通は予約など絶対に無理なのだが、望月は、かつて、ここの支配人に無償で法的アドバイスをしてあげたことがある。その時に、「うちの予約が取れない時は、私に直接相談してください」と言ってもらっていた。今がその時だ。そう望月は確信していた。そして、奇跡のように予約は取れた。プラス1ポイント。

もちろん、レストランが最高だからといって、手ぶらで向かうようなことは望月はしない。中村区則武二丁目にある花屋に向かう。

「こんにちは。こちら、岐阜の大野町にある河本バラ園生産の薔薇はありますか?」

知っていて、あえて質問形式で話しかける。

「河本バラ園ですか?」

生産元を指定する客は珍しいのか、店員は、驚いたような顔をした。

「そうです! 世界で初めて青い薔薇を生み出して、青い薔薇の花言葉を『不可能』から『奇跡は起きる』に変えた、河本純子《かわもとじゅんこ》さんという育種家の方がやっていらっしゃる河本バラ園です。これから会う彼女が、そこの薔薇の大ファンでして」

本当は、美桜の親友である夏芽《なつめ》という女性がそこの大ファンで、美桜自身は「グレイス」で、

「なので、私もちょっと影響されちゃって、にわかファンになってしまって」

と言っていただけなのだが、そういう情報を即座にトイレに行ってメモっておくのが、望月の優秀なところだった。こういう細かな情報をきちんと押さえておくことは、勝負どころで女心に刺さるはずだ。

「河本純子さんの薔薇は今は品切れですが、娘さんの麻記子《まきこ》さんが、ぎふ国際ローズコンテストで金賞を取られた『アンヌ』がありますよ」

アンヌは、河本麻記子さんが手がけるローズ・ドゥ・メルスリーというシリーズの新しい品種で、同じ房から淡いアプリコット・イエローやクリーム色、時にはピンクに近い色などの幅広い色合いの花が玄妙に混じり合う、高貴かつ美しい薔薇である。美桜は「量」には心を動かされないタイプと知っているので、あえて小ぶりで上品な花束にしてもらう。プラス1ポイント。

準備万端。あとは「志村椎坐」という男について調べるだけだった。ネットでもある程度の情報は出てきたが、実は、望月の勤める「山猫法律事務所」のデータベースで、「志村椎坐」という名前は山ほどヒットした。「志村椎坐」は、三河派と呼ばれる新興ヤクザとの抗争に敗れて引退するまで、「山猫法律事務所」の顧客だったのである。

☆

「匿名の電話があったんです」

レストランの個室に入るなり、メニューも見ずに美桜は話し始めた。

「志村椎坐はヤクザの大親分だよ。前にぼくたちが酷い目にあったあの男、そう、ヤマモト！　あいつは元々志村の子分だったんだ。あんなクソヤローの親分なんだから、それはもう最悪なやつに違いないよ。ぼくは会ったことないけど」

「ヤマモト？　あー、あの人」

美桜のリアクションは、望月の予想の100分の1ほどしかなかった。

「あの人は悪人ですけど、私の敵じゃないですよね？」

「ど、どうしてそんなことがわかるの？」

「わかるのって……あの人とは直接会って話をしたじゃないですか」

「……」

殺人事件が起きてもおかしくないような、山奥の夜のトンネルでのあの事件のことを、美桜はカフェでお茶をしたくらいのテンションで話した。

（やっぱり美桜ちゃんは並の女性じゃないな……）

そう望月は、美桜への憧憬《しょうけい》の念を更に強くした。

「で、話をその志村って人に戻しますけど、引退してるヤクザなら、どうして私、志村椎坐に気をつけなきゃならないんですかね」

「それは……そうだね。なんでなんだろう。電話の声は、若い女性だったの？」

「はい」

「そっかー。や、もし電話が男からだったのなら、単にそいつが美桜ちゃんを狙ってるだけってことも有り得るからね。美桜ちゃんに近づきたいから志村の名前を使ってハッタリを利かせた、みたいな？　それか、美桜ちゃんを驚かせて反応を楽しむみたいな？」

「なんですか、それ。有り得ませんよ。でね、先生。私、こういうこと、引っかかったままでいるの、嫌いなんですよ。なんでもすぐに白黒はっきりさせたくなる性格なんで」

「あ、うん。それは知ってる」

「で。ここからが本題のお願いなんですけど、先生、その志村って人の住所、調べることは出来ますか？」

「へ？」

思わず間抜けな声が出た。

「志村の住所？　それを知ってどうするつもり？」

「会ってみようかと思って。その志村って人に。目を見て話せば、だいたいのことはわかりますよね。どんな人か、とか、敵か味方か、とか」

「ほへ?」

更に間抜けな声が出た。

「美桜ちゃん、ぼくの話、聞いてた? 志村はヤクザだよ? それも、めっちゃ危険な大物ヤクザだよ?」

「でも、先生、今日電話で言いましたよね? 相談事は、直接会って、目を見て話さなきゃって。目を見て話すことでわかることがたくさんある。直接会って、目を見て話すことが一番大事なんだって。だから私、こうして名古屋まで来たんですよ?」

「うっぐー」

マイナス10ポイント。

ちなみに、志村の現住所を、望月はもう調べてあった。このレストランから、タクシーで十分もかからない距離である。


十五分後。

美桜と望月の二人は、とある住宅街にいた。美桜は、一人で行くつもりだったが、望月は「いざという時、弁護士が同行してる方が安全だから」と言い、そこはついに譲らなかった。

目的地に建っていたのは、白いモルタルの壁に青いトタン屋根の二階建て家屋だった。こんもりとした緑の植栽に囲まれている。建物の右手に鉄製の外付け階段が付いていて、どうやら二階部分はアパートとして運用されているようだった。

「ここ、ですか？　引退してるとはいえ、あんまり、ヤクザの大親分って感じの家じゃないですね」

美桜が言う。薄汚れた外壁。傷みの酷い雨どい。階段脇の郵便ポストには茶色の錆が浮いている。そして、建物全体から、野焼きのような、何かが燻《いぶ》されているような臭いがした。

「なんか、変な臭いがしませんか？」

そう美桜が言った直後だった。パンパンパンと連続で破裂音がした。それと同時に、二階の真ん中の部屋から、ブワッと赤い炎が上がった。

「！　望月先生！」

「え？　火事？」

「先生！　消防車を呼んでください！」

美桜は、アパートに向かってダッシュした。望月は、急いで携帯を取り出し、消防に電話をかける。美桜は、一階の玄関ドアの呼び鈴を押す。が、一階の部屋にはどこにも灯《あか》りがなく、呼び鈴の応答もない。建物脇の外階段を見る。煤《すす》けた色の煙が、二階から地上に向かって、ゆっくりと降りて来る。アパートの裏手へと美桜が走るのを追いかけて、望月も走る。二階の窓を見上げる。

「！」

一部屋だけ、灯りが点いている。

（誰かいる‼）

そう望月が慄然としたのと、部屋の中からつんざくような悲鳴が聞こえてきたのが、ほぼ同時だった。

美桜は、悲鳴を聞くと、おもむろに、近くに植えられていたケヤキの木に登り始めた。

「美桜ちゃん⁉」

二階の高さまで一気に登る。その身のこなし、まるで『キャッツ・アイ』か『ルパン三世』の峰不二子だ。望月は思わず携帯の動画撮影ボタンをタップする。美桜は、太めの木の枝を選んでぶら下がり、前後に体を揺らした。そして、大きく反動をつけると、悲鳴の聞こえた部屋の窓に向かって、勢いよく飛んだ。

5

携帯電話を頭上に掲げたまま、じっと成り行きを見守る。モニター上部のタイマーだけが100分の1秒単位で目まぐるしく動いていた。

1秒。

2秒。

3秒。

と、室内から、

「だから、ボサッとすんな、ボサッと！　死にたいのか、テメエ！」

という怒号が聞こえてきた。美桜の声だ。直後、バチーン！　という強烈な打撃音。誰かが誰かを平手打ちしたかのような。が、望月の位置からでは、部屋の中の様子はまったくわからない。

突然、割れたガラス窓が開けられた。そして次の瞬間、若い女が一人、窓の外に力ずくで放り出された。彼女の悲鳴が夜空に響く。叫びながら、それでも女は必死に目の前の枝を摑む。たわむ枝。折れないだろうか。足を無様にバタつかせ、やがて、その足も枝に無事に絡ませることが出来た。遠目のシルエットは、チンパンジーかコアラ、あるいはナマケモノといった感じだ。望月は、それも夢中で撮影をする。と、窓から美桜が顔を出した。下に望月がいるのを見て顔を顰め、「シッシッ」と野良犬を手で追い払うような仕草をする。望月は、素直に五メートルほどアパートから下がった。直後、美桜はヒョイっと二階から飛び降りた。

「ひ！」

あまりに無造作に美桜が飛んだので、望月の方が思わず悲鳴を上げてしまった。美桜は両腕で頭をガードし、着地の寸前に、体を時計回りに捻った。同時に、足を柔らかく折り畳む。まずは足の裏で。次に太ももから背中で回転しながら衝撃を殺す。そして、ブレイク・ダンサーが起き上がるかのように、その回転の力を利用して、あっさりとまた地面からスッと美しく立ち上がった。まるで、高度に訓練されたパラシュート部隊の兵士のような着地動作だった。

「す、すごいね、美桜ちゃん……」

望月はモニターから顔を上げ、感嘆の声を漏らす。

「父親、新体操の選手だったんですよ」

美桜は、土埃を手でパンパンと払いながら言う。

「家族を捨てる前は、こういう技、好きでいくつも習ってたんですよね」

「へええ」

「昔、高速道路で車から飛び降りなきゃならなくなった時にも、これ、役に立ちましたね。便利です」

「へ、へぇえ」

どういう事態になると、高速道路で車から飛び降りなきゃならなくなるのかと思ったが、今、それを細かく質問している状況ではないと望月は思った。美桜は「さてと」と言いながら、頭上の木の枝を見上げる。先ほど美桜が放り投げた若い女の子は、まだ、ナマケモノのポーズのまま、半泣きで枝にぶら下がっていた。

「飛び降りて！」

美桜が上に向かって叫ぶ。

「む、無理です！」

女の子が泣き叫ぶ。

「そこなら落ちても死なないから！」

また美桜が叫ぶ。

「無理です！」

女の子が首を激しく横に振る。美桜は小声で（めんどくせー女だな）と呟くと、望月に向かって手招きをした。

「先生。ここに立って」

「え？　ぼく？」

「そう。ここ。携帯は仕舞って」

「あ、はい」

二人並んで、木の下に立つ。美桜は頭上の女の子に、

「二人で受け止めるから、そのまま落ちて！」

と叫んだ。

「え？　無理です！」

女の子は頑固だった。

「ずっとそこにいるつもり？　ずっとそこにいたら、囲炉裏《いろり》の遠火で焼かれる鮎みたいになっちゃうけど、それで良いの？」

そう美桜は怒鳴る。パチパチとアパートの燃える音は強くなり、熱さもどんどんと増している。野次馬たちが集まってきているが、まだ消防車のサイレンの音は聞こえてこない。

「さあ！」

美桜が両手を広げる。

「私と先生を信じて落ちろ！　受け止めるから！　五秒で決断しなかったら見捨てるぞ！　五！」

次の瞬間、女の子の握力が尽きて、悲鳴を上げながら落下した。

☆

一瞬の無重力。

木の下の男女が、両腕を、落下してくる彩華の身体の下に差し入れてくれる。

が、女性の方が力強く受け止めてくれたのに、大男の方は膝からグシャリと潰れてしまった。

「！」

左右のバランスが崩れ、彩華は仰向けに倒れた大男の腹部の上を転がることになった。弾みで、肘が、大男の鳩尾を抉《えぐ》る。

「ゲブウッ」

踏み潰されたガマガエルの悲鳴のような声を大男が出した。気持ち悪い。命の恩人かもしれないが、それよりもブヨブヨとした巨大な脂肪のベッドの感覚が気持ち悪い。起きたら火災が起きていたショックと、窓から外に放り投げられたショックと、そしてこの大男の気持ち悪さとがハイブリッドして、彩華は過呼吸になっていた。涙も止まらなくなっていた。とにかく、必死に、這うようにして大男の身体の上から降りる。野次馬たちが自分にスマホを向けているのが見える。嫌だ。こんなところを撮られているなんて。しかし、過呼吸なので、抗議も出来ない。ただ「アウアウ」と言いながら、両手を振り回す。

その瞬間だった。

野次馬の中に、彩華は、自分が知っている顔があることに気がついた。

（正弥《まさや》？）

並木《なみき》正弥。彩華の初めての彼氏。そして、束縛が酷く、どまつりの委員会の仕事をまったく理解してくれないので、彩華から別れを切り出した男。

（本当に、正弥？）

テロテロのシャツばかり好んで着る男だったが、今は黒のトレーナーを着てフードも被っている。髪型が崩れるからフードは嫌いだと言っていたのに。正弥と目が合う。と、うっすらと、彼の口元に笑みが浮かぶ。彩華は目を疑う。いくら別れたとはいえ、いっときは彼女だった女がこんな酷い目に遭っているのに、彼はなぜ撮影をしているの？　なぜ、笑っているの？　なぜ……

と、彩華は背後から両肩を摑まれた。先ほど、彩華を窓から放り投げた女だ。そして、彼女の方は覚えていなさそうだったが、数日前、掖済会病院のすぐ近くの道ですれ違った美女だ。その彼女が、彩華の耳元でこう質問してきた。

「あそこのスマホ男、知り合いか？」

「は、はひ……はあはあ」

「どんな知り合いだ？」

「も……も……元カレ……です……」

正弥は、美桜の視線に気づいたらしく、急にスマホを仕舞うとくるりとこちらに背を向けた。立ち去るつもりのようだった。

「そこのおまえ！　ちょっと待て！」

美桜が、彩華の背後で立ち上がる。正弥は聞こえないフリをして去っていく。美桜は彩華を飛び越すとそのまま正弥に向かってダッシュをし、彼が深く被るフードに向かって手を伸ばした。

6

翌日。

ヤマモトは、ランチを食べに、名古屋から岐阜駅行きの電車に乗った。普段は部下の運転による車移動が主で、電車に乗るのは久しぶりだ。空席に座り、iPhoneを取り出す。AirPodsを耳に嵌め、昨夜からネットでバズっている動画を再生する。

とあるアパートの火事現場。

逃げ遅れた女性を窓から放り出す女。

突然、野次馬の一人を追いかけ、背後から蹴りを入れ、顔面にパンチを入れ、鼻血を出しているその男に馬乗りになり、

「あの家に火を付けたのはおまえか？　おまえなのか？」

と、ぐいぐいと首を絞めながら詰問する女。

（フフ……）

思わず、ヤマモトの口元が綻ぶ。何度見ても面白い。面白過ぎる。この女は、人を殴る時に「躊躇い」というものが無い。頭のネジが何本か飛んでいる。あるいは、よっぽど自分の行動の正しさに確信を持っているのか。ヤマモトの部下にも喧嘩自慢は多くいるが、この女ほど躊躇いなく他人を殴れる者はいない。

（部下に欲しいね。や、その時は、この女を姐《あね》さんと呼んで俺が部下になる方が良いかもな……）

そんなことを考える。

かつてヤマモトは、この女と、夜の山奥の廃トンネルで対峙したことがある。漆黒の闇に沈む旧濃尾第三トンネル。中部日本最恐の心霊スポットとして有名な場所だ。

そこにこの女は、誘拐されたフィリピン・パブの女たちを取り戻すためにやってきた。

「私は、広中大夏の姉だ」

そう堂々と名乗った。

「私みたいな者にあっさり自分の身元をバラして大丈夫ですか？　大夏くんのお姉さんという情報だけで私は簡単にあなたの家くらい突き止めますよ？」

そうヤマモトがやんわりと脅すと、この女は鼻を鳴らしてせせら笑った。

「そんなの全然怖くないね。事と次第によっちゃ、私は今日、あんたの頭をカチ割ってこの山に埋めるつもりだから」

今思い出してもゾクゾクする。あんなセリフを自分に言う人間がまだいるなんて。それも女。絶世の美女と言っても良いような美しい女だ。

「ふざけんな、クソが。先に彼女たちを返せ」

顔に反比例して口は悪い。

「だいたい、あんたは喧嘩は弱そうだし、後ろの兵隊もたったの五人じゃん。私一人で三人はやれるし、残りは私が連れてきた〝法曹界のベイマックス〟と言われた望月先生がぶっ殺してくれるでしょ」

火事現場の動画投稿者のハンドルネームが「もっちぃ」。十中八九、あの望月とかいう弁護士だろう。火事現場でこの女に殴り倒された男は、半泣きでこう叫んでいた。

「許してください！　あんなに燃えるとは思わなくて！」

カメラがズームで男の顔に寄る。その顔に、女からのトドメのパンチ。そこに、消防車とパトカーのサイレンの音がフェード・インしてきて動画終了。これが、昨夜からもう五百万回再生を超えている。コメントの数もものすごい。「もう一度再生する」のボタンをタップする。何度見ても、この動画は最高である。

電車は、長良川を渡り、笠松競馬場の厩舎《きゅうしゃ》を過ぎ、岐阜駅のホームに滑り込む。ヤマモトはiPhoneとAirPodsを仕舞うと電車を降りた。中央北口に出て、ロータリーを抜ける。黄金の信長像に軽く会釈をしてから、タマミヤの商店街へ。目的地は、先ほどの動画の主役である広中美桜の実家「喫茶　甍」である。正確には、元「喫茶甍」。この店が既に廃業していることをヤマモトは知っていた。

店の前まで徒歩十分ほど。まだ看板はある。プラスチックは劣化して複数ヒビが入っており、灯りも点いていない。入り口のドアを押すと、ドアはすんなり開く。ドアベルがカランカランと鳴る。

「こんにちは」

中に向かって声をかける。

と、すぐに「はーい」という声がして、年配の女性が出て来た。オレンジ色の麦わら帽子にオレンジ色のTシャツ、それに、オレンジ色のスカートを穿いている。なかなか、パンチのある格好だった。

「お店、開いてますか？」

廃業を知っていて、ヤマモトはそう尋ねる。

「もちろん、開いてますよ。どうぞどうぞ」

年配の女性が、明るい声で答える。美桜と大夏の母・琴子である。認知症の初期から中期と聞いているが、その陽気で朗らかな雰囲気を見ると、この店はまだ普通に営業しているのでは？　と思ってしまうほどだ。

「ランチ、大丈夫ですか？」

「もちろんですよ。ただ、うちのランチメニュー、一種類ですけど」

「あんかけパスタですね？」

「あらー♪」

もともと明るかった表情が、更にパアッと弾けたような笑顔になった。

「うちのランチ、ご存じなのね？　普通の人は、あんかけスパゲティって言うものだけど」

「こちらの店では昔から『スパ』ではなく『パスタ』ですよね。『あんかけパスタ』。私、仕事は名古屋なんですが、無性にここの『あんかけパスタ』が食べたくなりまして。それで思い切って電車で来てしまいました」

「あらー♪　あらー♪　なんて嬉しいこと！　じゃ、すぐに作りますね！」

琴子は軽くスキップをしながら厨房に戻る。一人になったヤマモトはテーブルに座ると、店内をぐるりと見回す。ヤマモトは、琴子に嘘はついていない。琴子も、美桜も、大夏も覚えていないだろうが、ヤマモトがこの店に来るのは二度目である。初回の訪問の時も「あんかけパスタ」を食べた。素直に、美味だと思った。

と、店のドアベルが鳴った。廃業しているのだから客は来ない。入ってきたのは家人である広中美桜だった。火事現場の動画と同じ服装。白いジャージの上下は、泥や煤でうっすら汚れている。昨夜からずっと愛知県警で事情聴取をされ、今、ようやく帰宅したところだとわかる。美桜の場合、人命救助と、放火犯の現行犯私人逮捕のお手柄に、暴行と傷害がセットになっている。愛知県警もだいぶ対処に迷ったことだろう。

「？　ヤマモト、さん？」

美桜が驚きの表情になる。まさか、美桜から「さん」付けで呼ばれるとは思わなかった。ヤマモトは笑顔で頭を下げる。

「ご無沙汰をしております」

美桜の眉間に皺が寄った。

「どうしてここに？」

「ランチに」

「は？　うちは廃業しましたけど」

「でも、この時期だけは、ランチ、やられてるんでしょう？　『あんかけパスタ』。最高級の玉ねぎをふんだんに使っていると評判ですよ」

「ご近所さんが親切で食べてくれるだけです」

「良いことです。美味しい食事は人間関係を円滑《えんかつ》にしますから」

「……」

美桜はしばらくヤマモトをじっと睨むように見ていた。それから、ゆっくりと歩みを進めると、テーブルを挟んでヤマモトと向かい合う位置にどっかりと座った。

「で、本当の御用は？」

鋭い視線だ。変にとぼけたことを言ったら、いきなり殴られそうな気配だった。そのピリッとした空気がヤマモトには楽しかった。

「あんかけパスタが食べたくて」

「……夕べの火事とは関係ありですか？」

「夕べの火事？」

「アパートの大家さん、志村椎坐って人だって。ヤマモトさん、その人と関係があるんでしょう？」

「ああ、はい。私は昔、その方の子分でした。運転手とか、使いっ走りをしてました。

ただ、志村さん、ビジネスで失敗して大借金を抱えてしまいましてね。それで、私が借金を肩代わりする条件で、栄と錦の利権を譲っていただきました」

ヤマモトが、包み隠さず事実を話すことに、美桜は少し面食らったようだった。

「……で、それと、どまつりと、どんな関係が？」

美桜が尋ねる。

「どまつりとは、まったく関係は無いですね」

ヤマモトは正直に答える。

「じゃあ、うちのドン臭い弟が刺された事件とは？」

また、美桜が尋ねる。

「それとも、まったく関係は無いですね」

ヤマモトは正直に答える。

「そもそも、昨日の放火事件は、ただの男女関係のもつれ、ですよね。放火犯は、自尊心ばかり膨れ上がったナルシストで、生まれて初めて女にフラれて激怒した。アパートに放火して、彼女を宿無しにして、困っているところに優しく手を差し伸べて、彼女が自分に惚れ直したら今度は自分からフリ返すつもりだった。そういう話を自供していると聞いてますけれど」

「詳しいですね。どこから聞くんですか？」

「友達から」

「警察にも、たくさんヤマモトさんのお友達が？」

それにはヤマモトは答えなかった。美桜に対して嘘を言うつもりはないが、何もかも答えられるわけではない。そこで、彼は露骨に話題を逸らした。

「ただ、アレですよね。世間は完全に誤解しましたね」

「誤解？」

「どまつりへの脅迫事件についてですよ」

「！」

美桜の表情がギュッと固くなった。彼女も状況はわかっているのだとヤマモトは理解した。

昨夜の動画。

たまたま、被害者がどまつりの学生委員長だった。

なので、元カレが放火を自白したことを「どまつり脅迫犯の自白」と勘違いした人間が複数現れた。

祭りが開催されるかどうか不安に思っていた関係者たち。おそらくは、事前に委員会から事件について知らされていた、どまつり参加予定のダンサーたち。彼ら彼女らが、安堵のコメントを大量にあの動画に寄せていた。

「ああ、良かった」

「これで、どまつりも無事に開催ね」

「犯人、死刑で良いよ。ふざけやがって」

「一年間の練習が無駄にならなくて済む」

「本当にホッとした」

当然、状況を知らない人たちが質問する。

「ホッとしたって何が？」

「どまつり、何かトラブってたの？」

安堵している人たちは、もうオフレコは解除されたと勘違いしている。

「実はね。めっちゃやばいことになっていて、あれやこれや。あれやこれや」

こうして情報は精査されることなく拡散していく。

「昨日の放火犯は、あくまで元カノを狙った卑劣漢でしかない。あなたの弟くんを襲った犯人じゃない」

「……それで？」

そこで、話が途切れた。琴子が「あんかけパスタ」を手に、

「お待たせしましたー♪」

と笑顔で現れたからである。

「おおー！　素晴らしい香りですね！　これはとてもとても美味しそうだ！」

　ヤマモトは、アメリカ人のようなオーバー・アクションで両手を広げた。それを見て、琴子はなぜか、パスタを手にしたままクルリと一回転し、片足の爪先で床をコンコンと叩いてから、恭しく料理をヤマモトの前に置いた。

「さ、召し上がれ♡」

「いただきます♡」

　そんな二人のやり取りを、美桜はじっと硬い表情で見つめている。

「あ、お母さん。タバスコもいただいて良いですか？　後半、少しだけ味変を楽しみたく」

「もちろん、よろしくってよ。ルルル〜♪」

　ヤマモトが頼むと、琴子は、上機嫌の極みという雰囲気で、歌いながらタバスコを取りに行く。琴子が去ると、ヤマモトはフォークで一口目をくるくると巻き取りながら言った。

「では、真犯人は、今、どんなことを考えているでしょう」

　美桜は黙っている。ヤマモトは言葉を続けた。

「まだ、一円も手にしていないのに、いきなり『事件解決』『どまつり開催決定』というニュースが大量に流れてきた。真犯人、この状況に対して、黙っていられますかね？」

7

十七時。

広中美桜と母の琴子は、平日はいつも、美桜の「グレイス」出勤の時間に合わせて世間より少し早めに夕食を摂る。本日のメニューは、朴葉《ほおば》寿司。朴の木の葉で酢飯を包み、中には鯖《さば》の酢漬け、きゃらぶきの煮物、錦糸卵が入っている。

同じく十七時。

広中大夏の毎日に、ルーティンはあまり無い。今は自室の万年床にうつ伏せになり、刺された尻の痛みと挫《くじ》いた足の痛みに耐えている。金を節約したくて薬局に出向かなかったせいで、痛み止めは切れてしまっている。

十七時五分。

「美桜ちゃん。畦地さんが無理なら、ヤマモトさんはどう？」

琴子が唐突に言い出し、美桜は椅子から転げ落ちそうになった。ちなみに、畦地というのは、美桜の初恋相手の大学教授だが、この春、とある殺人事件に一緒に関わり、共に危険な体験をし、その過程で、彼には既に生涯を約束したパートナーがいることを知った。それも同性の……男性のパートナーだ。事件は無事に解決したが、恋は無惨に潰えた。その経緯のすべてを琴子は知っていて、

「だったら美桜ちゃん。早く二度目の恋を見つけないと」

と、余計なお世話な発言を繰り返していた。

が、それにしてもだ。いくらなんでも「ヤマモト」を薦めるのは有り得ないと美桜は思う。

「お母さん。あの男はね、名古屋で一番悪い人だからね」

「あら、美桜ちゃん。それは誤解よ。あの人、うちの『あんかけパスタ』を、ちゃんと『パスタ』って呼んでくれたのよ。『あんかけスパ』じゃなくて。絶対、良い人だわ」

美桜が反論すると、琴子もムキになる。

「お母さん。あの人、ヤクザだよ？　反社会的勢力の人間だよ？」

「あら、美桜ちゃん。それも誤解よ。あの人、帰りにお母さんに名刺くれたのよ。ほら」

琴子がその名刺を見せてくる。

「野球部『栄ガッツ』監督　ヤマモト」


「何、これ。ふざけてる」

美桜はその名刺をゴミ箱に捨てる。それを琴子はすぐに拾い上げる。

「美桜ちゃん。お母さんはこう思うの。短気ですぐにカッとなる美桜ちゃんには、ヤマモトさんみたいにクールで思慮深い人がお似合いなんじゃないかって」

そして急に、

「そういえば、この前、お父さんとね！　美桜ちゃんの未来の結婚相手についてお話ししたのよ？」

と、目を輝かせる。

「……この前っていつよ」

「この前はこの前よ。ええと、ええと……美桜ちゃんの入学式の日！」

琴子が言っている入学式というのは、なんと美桜の小学校の入学式だ。つまり、もう四半世紀以上前の話だ。

「その時、お父さん、何て言ったと思う？

美桜に苦労させないくらいの経済力があって、
美桜を守れるくらい強くて、
気難しい美桜を毎日笑わせるユーモアのセンスもあって、
顔はジャガイモみたいでも良いけれどきちんと清潔感はあって、
家事が出来て、
育児にも協力的で、
結婚しても美桜と一緒に頻繁に実家に遊びに来てくれる人……
って言ってた！」
琴子は、両手で指折り数えながら、熱弁する。
「お父さんがあんなに欲張りなこと言うの、お母さん、初めて聞いたわ」
「へえ、そう」
美桜はうんざりする。父の話なんか聞きたくない。が、琴子自身は、辛い記憶だけを上手に忘れ、今もまだ父と同居しているかのような話し方をする。仕方なく美桜はいつも、琴子の楽しい気持ちに水を差さないよう、自分の感情を顔には出さないようにする。

十七時十分。

大夏は、うつ伏せのまま、スマホをチェックする。メリッサたちから、

「美桜姉ノ動画、観たゾ。サスガダナ！　オマエとは月とスッポン！　どまつり万歳！」

というメッセージが来ている。スマホを投げ出し、深いため息をつく。


十七時十五分。

「ちなみに、お母さんはその時何て言ったかというとね……」

琴子はまだ、同じ話題を続けている。

「お父さんみたいな人、って言ったんでしょ？」

「そうなの！　美桜ちゃん、大正解！」

もう延べ二十回は聞いた話だ。

「そしたらお父さんね。『え？　僕みたいな人？　そんな人で良いの？』とか言うのよ？　失礼しちゃうわ。だから私ね。きちんと説明してあげたの。『私は、お父さんみたいに、遠い人に優しく出来る人が好きなのよ』って」

これも、二十回以上は聞いた話だ。

美桜も、一度だけ、父から直接聞いたことがある。

「本当に優しい人は、遠い人に優しい人のことだ」

何を言っているのか、幼い美桜には理解出来なかった。なぜ、突然そんなことを言い出したのかももう覚えていない。でも、不思議とその言葉は耳の奥にずっと残っている。

それから急に、今日のヤマモトとの会話の最後の部分を思い出す。

「真犯人は、追い詰められましたね。こうなったら、次は本当に誰かを殺さないと、ここまで頑張って実行してきたことが全部無駄になってしまう」

「……どうして私にそんなことを話すんですか？」

「別に、深い意味はないですよ。私はどまつり関係者じゃないし、本番も見に行くつもりはない。誰が殺されたところで、私には遠い人です」

「本当に優しい人は、遠い人に優しい人のことだ」

どこかで父が美桜に言う。

「お父さん、美桜には優しい人になって欲しい。だから、覚えておいて欲しい」

その数年後に家族を捨てるくせに、父は美桜に言う。

「優しさは、遠い人に」

十七時三十分。

大夏は、尻と足が痛い。

十七時四十五分。

大夏は、尻と足が痛い。

十八時ちょうど。

大夏は、尻と足が痛い。

十八時十五分。

大夏は、もぞもぞと万年床から起き上がる。十九時には「タペンス」を開けなければならない。いつもなら十分かからない距離だが、今日はかなり時間に余裕を見る必要がある。洗面台まで這うように移動し、顔を洗い、歯を磨き、髪を整える。大夏にも、バーテンダーとしての最低限のプロ意識はあるのである。

十八時五十分。

大夏は「タペンス」の入っているペンシル・ビルの階段を、一段一段、注意深く登る。

三階まで来る。事件の記憶がフラッシュ・バックする。大夏を襲った暴漢は、あの夜、ここに潜んでいた。刃物。智秋の悲鳴。刺された瞬間の熱い痛み。転落。最悪の記憶だ。それを振り払うように通過し、四階へ。店内に入る。松葉杖は、冷蔵庫の横に立てかける。カウンター脇の棚から、一枚のレコードを取り出す。この店に就職した時にオーナーから出されたたった一つの条件。それが、

「十九時の開店と同時に、ジャクリーヌ・デュプレのチェロ協奏曲をかけること」

だった。

「それ以外は自由にして良い。客がいなければ早仕舞いしても構わない。ただ、十九時ちょうどには、必ずこのレコードをかけてもらいたい」

理由は今も不明だ。

レコードをターンテーブルに載せる。針を落とす。仄暗いクラリネットの音が店内に流れる。良い音だ、と大夏は思う。が、それ以上に、尻が痛い。足も痛い。

(今夜は、このレコードが終わったら閉店しちゃえ)

そんなことを考える。が、レコードをかけてからわずか三十秒ほどで、店のドアベルがカランカランと鳴った。振り向くと、半分開いたドアから、一見《いちげん》と思しき男が店

内を見ている。

「やってます？」

（こんな早い時間に、男の一人客？）

　不審に思いつつも、

「やってますよ。どうぞ」

　と、大夏は男に頭を下げる。四十代後半くらいだろうか。ブランド物の白いシャツ。腕時計も高そうだ。男はカウンターに座ると、

「この店、音楽の趣味が良いね」

　と、やや上からな雰囲気を漂わせながら言った。

「きちんと、アナログ・レコードを使用しているのが良いよ。人間の可聴域の音だけを取り出してデジタル処理をすると、深さとか音の温かさみたいなものまで削られてしまうからね。特に、ストリーミングのmp3とかは最悪だね。あんなものを聴きながら『音楽好きです』とか言ってる人たちは、耳が悪いとしか言いようが無いよね」

「音楽、お詳しいんですね」

　大夏は無難な合いの手を入れる。

「それも、仕事の一部でね」

　男は「やれやれ」という感じの仕草をしながら言う。「どういうお仕事なんです

か？」と聞いて欲しかったのかもしれないが、大夏は鈍感な男だった。なので、水とメニューを出しながら、全然違う質問をした。

「お客さん、うち、初めてですよね？　どうしてうちに？」

男は質問に答える前に、なぜか、店内をぐるりと見回した。まるで、防犯カメラや盗聴マイクを警戒しているかのような動きだった。それから、モゾモゾと体をカウンターに乗り出し、声を少し潜めて言った。

「この店に、水田智秋が飲みに来たんだって？」

「え？　何で知ってるんですか？」

「ふふ。彼女とは仕事仲間だからね」

「ええ？　あなたも役者さんですか？　げ、芸能人？」

「違うよ。でもまあ、僕も広い意味では同じ業界の人間というか……」

男の自慢げな説明を最後まで聞く前に、またしても店のドアベルが鳴った。こんな早い時間にまた客が？　せっかく智秋についていろいろオフレコ話が聞けるかもと思ったのに！　そんなことを思いながら大夏はドアの方を振り向き、入ってきた人物を見て驚愕した。

「ね、姉ちゃん！」

そこには、美桜が立っていた。

「え？　え？　なんで？　なんで姉ちゃんがここに？」

が、美桜は大夏を見ていなかった。美桜は美桜で、驚愕の表情を浮かべてカウンターに座るブランド白シャツの男を見つめていた。そして、男の方もまた、顔面を蒼白にして美桜を見ていた。

やがて、美桜が先に口を開いた。

「あんた……『桜坂』にいたモラハラ夫？」

8

「桜坂」にいたモラハラ夫。本名を外東紘平《そとひがしこうへい》という。四十七歳。名古屋大学を卒業して、東京の大手広告代理店に入社。現在の役職は、コンテンツ事業部の部付部長。ごくごく平均的な出世スピードである。

半年前に、名古屋を舞台にしたとあるダンス映画の仕事を上司から振られた。

・在名のテレビ局の周年記念映画である。

・どまつりとのタイアップが決定している。

・主演も水田智秋で決定している。

・君、名古屋出身だから、東海地区はいろいろ人脈あったよね？
・製作委員会に入り、出資や協賛の取りまとめや、告知PR関係を取り仕切って欲しい。大ヒットさせろとは言わないが、絶対に赤字は出さないように。
ざっくり、そういう内容の指示だった。既に大きな枠組みは出来上がっている仕事だし、難しい部分は無いと思った。それより、製作委員会の会議は常に名古屋で行われるので、今年は実家への帰省費用は会議の出張費で賄《まかな》える。それが、外東には嬉しかった。


残念なことに、外東の事前の予想は当たらなかった。

まず、春。堀口芽衣という若い女性ADが、監督の「人間性」について、幹事会社のプロデューサーに「相談」をしてきた。

監督の名前は、元谷《もとや》勝利《かつとし》。ちなみに彼をこの映画の監督に推薦したのは外東だった。

理由は大きく三つ。

一つ。元谷勝利は売れっ子ではないのでギャラが安い。

二つ。元谷勝利は売れっ子ではないので、製作委員会や局のプロデューサーに対してわがままを言う心配が無い。

三つ。元谷勝利も名古屋出身なので、監督に抜擢《ばつてき》する大義名分がある。

それともう一つ。これは、外東は誰にも言っていないが、実は外東と元谷はとある趣味の仲間でもあった。どうせ誰かに依頼するのであれば、なるべく自分の仲間で固めるのが賢い。外東は常々そう考えていた。その方がいざという時に何かと融通も利くし、恩を売っておけばいつかは利子を付けて返してもらえることもある。

堀口芽衣の「相談」への対応は、監督の推薦者である外東のところに回ってきた。彼は堀口芽衣を汐留にあるホテルのラウンジに呼び出した。そして、一杯千五百円もする珈琲を飲みながら、懇々と彼女を説得した。

「この映画に、何人の人間が関わっていると思う？」

「確かな証拠も無しに騒ぐのは、大人としてどうかな？」

「最悪、何億円という単位で赤字が出る可能性もあるんだよ？　君、その責任は取れないでしょう？」

「でも、あなたの責任感は素晴らしいと思う。この先、ぜひ別の映画やドラマでも、僕は君と仕事をしたいと思うな」

そんなようなことを話した。

理解をしてくれた、と思った。

が、その女性ＡＤは、外東が思っていたよりも頭が悪かった。なんと、同じ「相談」を、この映画の主演に決定していた水田智秋にしたのである。二人は年齢が近く、別作品で意気投合した友人同士だったのだ。

「事実関係をきちんと調査してください。告発が事実なら、監督を降板させてください。それが無理だと言うなら、私がこの映画を降板します」

梅雨の真っ只中だった。水田智秋は製作委員会に突然の申し入れをした。人気の主演女優と、ギャラが安いだけの売れていない映画監督。製作委員会がどちらを優先するかは考えるべくもない。そもそも、ごく一部の例外を除いて、映画監督の名前など興行収入には何の影響も無いのだ。たった三十分の会議で、元谷監督には降板してもらうことになった。降板の説明係も、当然、外束だ。嫌な役目だったが、外束は大門にある高級焼肉屋の特上コースを元谷に奢ることで、平和に彼を納得させた。

（もう、これ以上のトラブルは無いだろう……）

そう安心したところで、次の事件が起きた。それも、これまでの二つとは桁《けた》違いの大事件だった。どまつりに対する脅迫。連続して起きた傷害事件。殺人の予告。愛知県警には捜査本部が作られ、どまつりの開催は風前の灯《ともしび》となった。どまつりが無くなれば、タイアップ映画のクランクインも無くなる。スタッフやキャストに対するキャンセル料だけが請求され、収入は一円も無い。

「大ヒットさせろとは言わないが、絶対に赤字は出さないように。一円でも赤字が出たら、君の次は無いよ」

そう言った上司の顔がありありと思い出される。

（なんてことだ……）

が、外東の立場で出来ることなど、現状、ほぼ無い。


公益財団法人にっぽんど真ん中祭り文化財団、名古屋市、愛知県警、そして、どまつり映画の製作委員会。四団体合同での会議が行われた。どまつりの開催を中止にした時の、経済的な損失はどのくらいか。どまつりの開催を強行して、本当に殺人事件が発生した場合はどういう事態になるのか。事件の情報を開示することで起きるであろう混乱。情報を開示せずに、今後、殺人事件が起きた場合の道義的責任の所在。財団の立場。財団を支援している行政の立場。警察の立場。在名のテレビ局の立場……細部までの意思統一は難しかったが、それでも、

「どまつりにダンサーとして参加予定の皆さんには、ＳＮＳなどへの書き込みは控えていただくという前提で情報を開示する」

ということだけは全員が合意した。

なるべく早く説明会の開催を、ということになり、外東は、映画のダンス・エキストラ・チームへの連絡担当となった。ちょうど、その日は、エキストラ全員がスタジオに集まっての練習と衣装チェックの予定だった。現場についているスタッフは、外

東が大嫌いな女性AD・堀口芽衣だった。が、今はそんなことは言っていられない。外東は彼女に電話をかけた。

☆

「この衣装で問題無く踊れるかどうか、各自で確認してください。動きにくい箇所がありましたら、至急こちらで直しをしますので」

　芽衣が大きな声で呼びかけると、ダンサーたちは、練習を中断して段ボールの周りに集まってきた。

「この衣装で問題無く踊れるかどうか、各自で確認してください。動きにくい箇所がありましたら、至急こちらで直しをしますので」

　ダンサーたちが、自分の名前の付箋の付いたビニール袋を、段ボールから次々に取り出していく。すべてが取り出されて空になったタイミングで、松葉杖を両手使いしている男性が芽衣の前に立った。

「衣装、Lサイズで申請しました、広中大夏です」

「え？」

　芽衣が驚くと、男性の方も、

「え？」

と驚きの声を上げた。この男性は、その怪我でどうやって参加するつもりなのか。ダンス・エキストラの役割を理解しているのだろうか。それをどう説明しようか。そんなことを考えていると、腰に提げていたＡＤバッグの中で、芽衣の携帯が鳴った。

「ちょっとごめんなさい」

芽衣は男性に謝り、電話に出た。

「え……はい……そうですか……はい、わかりました」

短い電話だったが、内容は重たかった。芽衣は、自分の表情が曇っていくのを自覚した。携帯を切ると、芽衣はスタジオの中にいるダンサーたち全員に声をかけた。

「すみません。今、緊急の連絡が入りました。どまつりの実行委員会の方から、緊急で、皆様にご報告しなければいけないことが起きたそうです」

スタジオ内が少しざわついた。

「とはいえ、この人数全員は、どまつりさんの会議室には入りきれません。皆さん、元々五人ずつの組でオーディションを受けられていたと思います。なので、その五人からお一人ずつ、代表の方だけ、今からどまつり実行委員会さんのビルの大会議室までご移動をお願いします」

「チームの代表？」

「はい、どなたか一名」

芽衣に言われて、ダンス・エキストラの各チームはあちこちで小さな輪を作って代表者を決める話し合いをした。と、また芽衣の携帯が鳴った。相手は先ほどと同じ、外束だった。彼と話すのは好きではないが、無視するわけにもいかないので電話には出た。

「別件だけど、水田智秋さんが襲われたバー、どこか知ってる？」

「え？」

「堀口さん、彼女とは仲良しなんでしょう？　何も聞いてないの？」

なぜ、そんなことを質問するのだろう。芽衣は訝《いぶか》しく思った。が、立場的に、あれこれこちらから詮索《せんさく》をするのは躊躇われた。ちなみに、そのバーの名前を芽衣は知っていた。なぜなら、事件当日、その店に一緒に行こうと智秋から誘われていたからだ。が、クランクイン直前の時期、下っ端のスタッフには雑用が山のようにある。それで、残念ながら断ったのだった。

「女子大小路にある、タペンスっていうバーだと思います」

知っていることは正直に話すことにした。

「そか。ん」

外束は、礼も言わずに電話を切った。相変わらず、感じの悪い男だ。このことを智秋には言うべきだろうか。そういえば、あれから智秋は現場に一度も来ていない。ダンスの練習にも来ていないし、衣装合わせは延期になったと聞いている。智秋の方には怪我は無かったはずなのだが、大丈夫なのだろうか。やはり、襲われたショックは大きかったのだろうか。一度、事件について送ったお見舞いＬＩＮＥは、既読にはなったが、返信は無い。だが、下っ端スタッフのひとりでしかない自分が、それ以上の何かをするのは少し躊躇われた。それに、予算削減を理由にフォースＡＤがいない現場だったので、その分、サードとセカンドＡＤの雑務は膨大だった。時間的な余裕がまったく無かった。

「残った皆さんは、衣装を着て踊ってみてくださいね！　当日に踊れないでは困りますからね！」

思考を切り替え、明るく大声で指示を出す。金色をアクセントにした煌びやかな衣装。オレンジ色の可愛らしい尻尾が付いている。

「スミマセン、シャチの尻尾、踊ッテルとチョット邪魔デス」

褐色の肌の外国人ダンサーが、芽衣に意見を言いに来る。

「シャチじゃなくてエビですねー」

一応は訂正をしつつ、芽衣はダンサーの背後に回ってその尻尾を彼女に当ててみる。

「もう少し尻尾は短い方が良さそうですね。衣装さんに、調整のリクエストをしておきます」

「アリガトウ」

「メリッサ」と名札を付けた女性が頭を下げる。他にも、法被《はっぴ》の裾をもう少し短くして欲しい、ウエストのベルトがつるつるしていて解《ほど》けやすい、踊ると肩がキツイ、などの意見をすべてメモしていく。人数が多いので、衣装チェック一つも大作業になる。

その後、ダンサーたちを帰し、音響機器などを片付け、それから、回収した衣装を一つ一つ確認して段ボールに再梱包する。少し離れた場所で、別のスタッフたちが、

「軽く、飲みにでも行く？」

と話し始めたのが聞こえた。視線を向けると、荒井《あらい》という同い年の男性スタッフと目が合った。彼はちょっと躊躇う仕草を見せた後で、

「堀口さんも来ます？」

と遠慮がちに訊いてきた。彼は、これまでの別現場ではずっと、芽衣のことを「芽衣ちゃん」と呼んでいた。が、あの一件から数日後、彼の呼び方が「堀口さん」に変わった。距離感も、変わった。その理由を彼に尋ねたことは無い。訊いても正直に答えてはくれないだろうと芽衣は思っている。

（あの時、私はどうするのが正解だったのだろう……）

今も、時々、考える。

深夜のスタッフルーム。衣装担当のスタッフから送られてきた膨大な数の候補画像

をせっせと整理していた。監督はとっくに帰宅している。

「使えそうなところを厳選したら、共有フォルダにアップしておいてくれ。空き時間に見ておくから」

そう言われていた。指定の共有フォルダを開くと、中に大量の子フォルダがアップされていた。機械音痴の監督は、どうやら映画製作とは無関係の個人フォルダまで共有範囲に設定しているようだった。

(まいったな、もう)

そう内心でため息をつきながら、監督のプライベートのフォルダは開けてしまわないよう、慎重に目的のフォルダを探した。

「衣装合わせ・永久保存版」

そうネーミングされたフォルダを見つけた。「永久保存版」という単語に違和感を覚えたが、要はこれは「決定したもの」という意味だろうか。まだ候補段階の画像もここにアップして良いのだろうか。それともこのフォルダの中に、「候補」と「決定」といったような子フォルダが更に入っているのだろうか。

フォルダを開けてみた。

その瞬間、心臓が跳ね上がった。

小さな悲鳴も出た。

なんだ、これは。

なんなんだ、これは。

「堀口さんは、どうします？」

荒井がもう一回尋ねてきた。返事をする前に、携帯が鳴った。また、外東だろうか。（ごめんなさい）というジェスチャーを荒井にしてから、芽衣は携帯を見た。電話の相手は、外東ではなく、水田智秋のマネージャーからだった。

「堀口さん、すみません。一つ、頼まれていただきたいのですが」

久保田という年配のマネージャーが、いかにも申し訳なさそうな声で言う。

「はい。どんなことでしょう」

「オフレコでお願いしたいんですが、実は今、水田は名古屋で入院しておりまして」

「え？」

驚きのあまり、大きな声が出てしまった。それからすぐに「オフレコ」と念押しされたことを思い出し、周囲を見回しながら小声で尋ね直した。

「智秋さん、にゅ、入院してるんですか？」

「はい。事件に遭った翌日、警察で事情聴取がありましてね。それはまあ、あって当たり前のことなんですが、それ終わりで部屋を出て、警察署の階段を降りようとしたところで、いきなり嘔吐《おうと》しまして」

「え……」

「そして、失神してしまいまして」

「ええ？」

「それで、緊急搬送されてましまして、そのまま入院しました。精神的なストレスと、あとは過労もあるのではと」

そんな大事《おおごと》になっていたなんて、全然知らなかった。久保田は淡々と先を続ける。

「このことは、映画の製作委員会の上の方の方々しか知らないんですが、クランクインも迫ってきましたし、水田にはそれまでに元気になってもらわなければならないんです。でも自分は、別件の仕事で東京に戻らなくてはならなくて。それで、堀口さん。一度、水田の見舞いに行っていただけないですか？　今、名古屋にいる水田の友人って、堀口さんしかいないので」

☆

芽衣が、膨大な雑務の間を縫って智秋の見舞いに行けたのは、マネージャーから電話を貰った翌々日の夕刻だった。もっと早く駆けつけたかったのだけれど、智秋の入院見舞いだということを周囲に話せない以上、時間をこじ開けるのが本当に難しかったのだ。

鮮やかな夕焼けが、名古屋掖済会病院の壁面をほんのりと染めていた。外来受診の時間は既に終わっていて、エントランスすぐの吹き抜けロビーは閑散としている。面会の手続きをして、入院棟に。マネージャーから教えてもらった個室のドアをノックする。中から返事は無い。そっとノブを回すと鍵はかかっておらず、すんなりドアが開く。水田智秋はベッドではなく、窓際の椅子に座って外をぼんやりと見ていた。

「智秋さん。芽衣です」

声をかける。智秋は、ゆっくり振り向き、しかし何も言わず、やがてまたゆっくりと窓の外に視線を戻した。芽衣の知っているいつもの智秋とは別人のような雰囲気で、彼女は戸惑った。中に入り、ドアを閉め、ベッド脇にある丸椅子に腰を下ろす。

智秋はまだ外を見ている。

「お体の具合、どうですか？」

芽衣が尋ねる。

「身体は全然平気。そもそも私、殴られてもいないし刺されてもいないし」

「良かった」

「何が良かったの？」

「それはだって」

「また私だけ無事で、それの何が良かったのかな」

「え？　また？」

芽衣は、智秋が何を言っているのか理解出来なかった。

「またって、どういうことですか？」

が、智秋はそれについては説明をしなかった。ただ少し、寂しげな微笑みを浮かべただけだった。

しばらく、互いに無言のまま、座っていた。何か話さなければ、と芽衣は思う。が、今、どういう話題が相応《ふさわ》しいのか、それが芽衣にはわからなかった。迷った末、芽衣は大夏の話をすることにした。

「そういえば、タペンスの彼、ダンスの練習に復帰してましたよ」

努めて明るい声で話す。

「まだダンス自体は出来ないですけど、『本番までには振りを完璧に入れる』って言って、一生懸命動画で振りの撮影をしてました。『智秋さんの映画を、俺が傑作にするんだ！』って、大きな声で周りの人たちに言ってました。彼、ちょっと面白いですよね」

努めて楽しい雰囲気で話す。しばらく智秋はそれにも答えなかったが、やがて、

「私、見たんだ」

とポツリと言った。

「大夏くんがね、落ちていくところ。上から」

「はい……」

「怖いよね、落ちるって。私、また、あの音が聞こえるかと思った」

「あの音？」

「うん、あの音。ぐしゃり……って」

「？」

　話の内容がわかるようでわからない。それを細かく質問して良いものか。質問して欲しいから智秋は言葉にしているのか。だが、芽衣がそれを尋ねるより前に、智秋が芽衣の方にくるりと向き直った。

「芽衣ちゃん、ごめんね。芽衣ちゃんが、私からすごく遠い人なら、私だって一生懸命気を遣って頑張ると思う。心も元気なフリをすると思う。でも私、芽衣ちゃんのことは近い人だと思ってるから。とっても近い友達だと思ってるから。だから、ごめん。今日は帰って。本当にごめん」

　そう言って、智秋は芽衣に頭を下げた。

「……わかった。じゃ、私、帰るね」

　そう言って、芽衣は立ち上がる。あえて、敬語はやめて。今までも、一緒にお酒を飲んだ時などは、最初が敬語で途中からそれをやめていた。智秋が有名人過ぎて、なわれていた。

かなか、最初から距離を詰めるのは難しかった。そのことを、何度も智秋にはからか
「どうかお大事に」

「ありがとう。明日には退院するつもり」

そう言って智秋が微笑む。

「うん。でも、無理はしないで」

芽衣は小さく手を振り、部屋から出る。

(何があったんだろう)

わからない。

(またって、何が、また、なんだろう。音って、何の音なんだろう)

わからない。

(そういえば、放火事件の話、しなかった……)

夕べ、栄で放火事件があったこと。狙われたのが、どまつりの学生委員長だったこと。犯人がその場で逮捕されたこと。なので、どまつりは無事開催されることになり、それはイコール、智秋も安全になったのだということ。そんな「良いニュース」を伝えて彼女を元気付けたいと思っていたが、出来なかった。

(私、何の役にも立っていない)

力なく俯《うつむ》いて、芽衣は廊下を歩く。俯いていたせいで、とある男と至近距離ですれ違ったことに芽衣は気づけなかった。黒いキャップを被り、マスクをし、顔をなるべく見られないようにしていたが、普段の芽衣ならその男には気づいただろう。

男は、今、芽衣が来た方角に歩いていく。

水田智秋の病室のある方向に。

9

白いリノリウムの廊下を歩く。なるべく自然な速さで。足音が響かないよう、靴底を少し意識して。

目指す病室の手前で、一度、立ち止まる。スマホを取り出し、メール画面を確認する。

『南棟2階の215号室』

それから鞄を開け、中身を確認する。両刃で殺傷力が高いダガーナイフ。硫酸の入った小瓶。どちらを使うか、まだ決めかねていた。

殺すか。

顔に硫酸だけで十分か。

腕時計を見る。面会時間の終了まで、あと十分。老夫婦とその息子らしき三人組が通過する。配膳車が通過する。聴診器を首から下げた看護師が通過する。そこで、人通りが途絶えた。

（今だ！）

ドアに手をかける。そのまま、自分の家族の病室かのように堂々と中に入る。こそこそする方が逆に目立つ。

部屋の中は暗かった。灯りが一つも点いていない。

こんな時間からもう寝ているのか？　それとも、トイレにでも行っているのか？　いずれにせよ、これからやることにたいした変わりは無い。部屋にいないのなら、待ち伏せをするだけのことだ。鞄の中に手を入れる。ダガーナイフの柄が先に手に触れた。

（なるほど。やる以上はとことんやれ、ということか……）

男は覚悟を決めた。仄暗い室内に向かって目を凝らす。奥のベッド。布団が、人の形に盛り上がっている。

（躊躇うな！　一気にやれ！）

そう自分を叱咤《しった》する。

ダガーナイフを取り出すと、ベッド脇まで一気に走った。利き手である右手を振り上げ、左手で掛け布団を一気に引き剝がす。そして次の瞬間、渾身の力でナイフを真下の人間に向かって突き刺した。

ザクリ。

明確な手応え。だが、予想していたのとは違う手応え。

そして悲鳴。

つんざくような。だが、予期していたのとは異なる悲鳴。それは、水田智秋のそれではなく、男の悲鳴だった。

ベッドで寝ていたのは男性だった。尻と足にはギプス。胸と腹には分厚い漫画雑誌を巻き付けている。ダガーナイフは、男の尻のギプスに突き刺さっている。刃のギザギザとした部分が引っかかり、抜こうとしても抜けない。

と、パチリと病室の灯りが点いた。誰が点けたのか？　が、それを確認する前に、目の前の刺した相手と目が合った。知っている男だった。

「いれえ！　いれえよ、姉ちゃん！」

男が泣き叫ぶ。ダガーナイフの先端が尻に刺さったのだろう。前は普通の包丁。それも、やや小ぶりなタイプだった。

「おまえ、あの時のタペンスの……」

呆然とした口調で彼は言う。激しく混乱する。なぜ、この男がここにいるのか。なぜ、この男が、水田智秋の病室のベッドに寝ているのか。

「なぜ……」

あれは、ほんの数日前のことだ。女子大小路にあるペンシル・ビルの階段で、彼はその男を刺した。刺して、階段から突き落としたのだ。

今、彼が刺した相手。それは、広中大夏だった。

第4章

Detective of Joshidaikoji

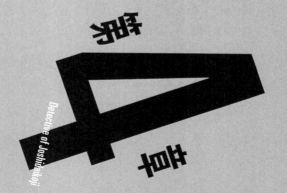

1

「私のことは放っておいてください」

　間宮美月はそう言って出て行き、心太は一人、エアコンの効かない進路相談室に取り残された。

（もっと、信頼される教師にならなければ……だな）

　ただ、何をどうすれば、美月のような生徒と信頼関係を結べるのか、その具体的な対策までは思い付けない。それが、もどかしかった。鞄からノートを取り出し、美月との会話をメモする。メモをしておけば記憶が強化されるし、後々の「独り反省会」の時の材料にもなる。

「先生。私、夢、ありました。母を殺して、母の愛人もついでに殺したいです」

（それは無理だよ）

　と心の中で呟く。

（人を殺したら、その瞬間、君の人生も終わってしまうじゃないか）

「母から自由になったら、私、きっと笑えると思うんです。でもまだ私、中学生じゃないですか。普通にアルバイトもさせてもらえない年齢じゃないですか。だから、笑えないんです。笑いたくても笑えないんです」

　メモをしながら、心に痛みを感じる。

　その後、夜まで鬱々《うつうつ》とした気持ちで雑務をこなし、十八時半に気持ちを切り替えた。練習だ。これから自分は、どまつり出場のためのダンス練習に行くのだ。暗い気持ちでは踊れない。なので、強引に気持ちを切り替えた。自転車に跨《また》がり、学校脇の細道から、片道二車線の大通りに。横断して、また細道に。風が昼間より強くなっていた。西の空に雲がどんどん増えている。その雲と雲の隙間から、仄暗い夕焼けが、いくつも筋のように見える。空一面の夕焼けはもちろん美しいが、今日の日没も同じくらい美しい。そんなことを思う。間宮美月も、この空を見ているだろうか。この空を美しいと感じる心の余裕が、今の彼女にはあるだろうか。

「俺は、生徒みんなの『笑顔カウント』を記録してる。君はこの一ヶ月、一度も笑っていない。だから、先生は、君のことが心配でたまらないんだ。先生は、とにかく、間宮には笑って欲しいんだ」

　自分の発言を思い出す。良いことを言っているつもりだったのが恥ずかしい。

「母を殺して、母の愛人もついでに殺したいです。先生は、笑顔になるためなら、母を殺しても良いって言ってくれますか?」

良いわけがない。でも「そんなことはダメだ」と言うだけでは何も解決しない。何か、見つけなければならない。教師として、教え子のために、何かを。

加納東公民館に着く。

(切り替えだ)

そう念じて、間宮美月のことをいったん頭から追い出す。どまつり本番まで、残り日数は少ない。チーム『タマミヤ』の練習も大詰めである。そして心太は、チーム『タマミヤ』のリーダーである。ダンスは初心者だが、どまつりのために岐阜に新たなチームを作ろうと提案したのが心太だからだ。

「遅くなりました! 皆さん、お疲れ様です!」

そう大声で挨拶をしながら、二階建ての小ぶりな公民館に入っていく。ここは一階が体育館仕様になっており、チーム『タマミヤ』のホーム練習場として、みんなでお金を出し合って借りている。十八時から練習は始まっており、心太は一時間の遅刻だ。バレーボールやバドミントンの出来るコートが二面。その二面を端から端まで使って、チーム『タマミヤ』は練習している。メンバーは現在五十三人だが、フルメンバーが一度に揃うのはなかなか難しく、その日の夜も練習参加者は三十名ほどだった。最年長は六十五歳。最年少は八歳。これだけ歳の差があっても、みんなで一つのことに熱中出来る。楽しめる。それが心太にはとても嬉しいことだった。

体育館奥の鏡前で、心太の娘と息子が、ふたり並んで振り入れの復習をしているのが目に入った。弟の方はすぐに心太に気がついたが、娘の方は集中が乱れない。ちなみに娘の年齢は十四歳。心太の勤めているのとは別の中学校の二年生。つまり、間宮美月と同い年だ。

「母を殺して、母の愛人もついでに殺したいです」

また、思い出してしまう。娘の集中力が羨ましい。学校の仕事は忘れよう。そう改めて思った次の瞬間、学校に忘れ物をしてきたことに気がついた。明日までに、三者面談の結果をまとめた資料を作成しなければならなかったのだった。どまつりに向けた練習を終えた後、家で夜更かしをしてやろうと思っていたのに、そのためのペーパーを丸ごと学校に忘れてきていた。

「すみません。学校に忘れ物をしてきました。取りに戻ります」

そう、斉藤という初老の靴屋の店主に頭を下げる。ちなみに、彼が最年長の六十五歳であり、チーム『タマミヤ』の副リーダーだ。斉藤さんは、タオルで顔の汗を拭いながら、

「おやおや。それは大変ですね。どうか、焦らず、お気をつけて」

と笑顔で言ってくれた。それから彼は真顔になり、

「それより、本番、大丈夫ですかね？　台風、来るんでしょう？」

と訊いてきた。

「まだ、台風は遠いですよ。どまつりの本番にはぶつからないと思います。みんな、こんなに頑張ってるんです。神様だって、ちゃんとそこは見てくれてますよ。じゃ、後ほど」

そんな会話をしてから、自転車で、今来た道を大急ぎで戻る。既にとっぷりと日は暮れており、校庭の奥の校舎も、かろうじてその輪郭が見える程度である。実は、心太は、暗くて狭い場所が苦手だ。

（まるで、肝試しだ）

そう思いながら、無人の校舎に入って行く。壁掛けの非常用懐中電灯を外し、灯りを点ける。職員室は、中央校舎の二階だ。階段を登り、職員室に向かう。と、職員室の三つ向こうの部屋から、細い光の筋が漏れているのが見えた。化学室である。外から校舎を見た時は、まったく気がつかなかった。

（電灯の消し忘れかな？）

そんなことを思いながら、様子を見に行く。なぜか、廊下側の窓に遮光カーテンが引かれている。実験で必要な時以外は、このカーテンは開けられているはずだ。中を覗きたいが、遮光カーテンの隙間はごくわずかで、中の様子は見えない。化学室には、薬品や、高価な備品がいくつもある。まさかとは思うが、窃盗目的の人間が忍び込んでいる可能性もゼロとは言えない。心太は意を決して、化学室の引き戸をそっと顔の幅だけ開けてみた。

「！」

開けた瞬間、鼻腔の奥に異臭を感じた。目に痛みを感じ、次の瞬間、涙が溢れた。

つんざくような声が飛んできたが、彼は咄嗟に対応出来なかった。声の主の外見に

「ドアを閉めて！」

驚愕してしまったからである。彼女は……声の主は女の子だった……この中学の制服を着ていた。そして、フルフェイスのガス・マスクを被っていた。

次々と流れてくる涙を拭きながら、それでも眼を凝らす。

生徒だった。それも、心太のクラスの生徒。ガス・マスクを被っていたのは、間宮美月だった。美月は、心太がむせながら泣いているのを見て、肩をすくめ、校庭側の窓にも引いていた遮光カーテンを開け、ガラス窓も開け始めた。換気をしてくれるつもりのようだった。

「こんな時間に、ここで、何をしてるんだ？　間宮」

声を絞り出して尋ねる。間宮美月は、しばらく黙っていたが、嘘をついてもあまり

意味はないと悟ったようだった。やがて、美月は、簡潔に質問に答えた。

「覚醒剤《かくせいざい》を作ろうと思って」

2

元々、デジタルなもの全般が好きではなかった。写真も、デジタルのデータより、フィルム撮影からの紙焼きの方が味わいがあった。紙焼きの写真をノートに一枚一枚貼っていく作業が好きだった。便利だからといって、何でもかんでもデジタルに置き換えることが良い訳がない。オンライン会議など、特に嫌いだ。人と人は、直接会うことが大事だ。自分が若い頃、「組」といえば、寝食を共にする家族そのものだった。

一番下っ端の小娘が、

「データ、共有フォルダに入れておくので時間のある時にチェックしてください」

と組の長《おさ》に言うことなど有り得なかった。

「手を抜こうとするな」

そう怒鳴られ、ゲンコツで殴られたことだろう。

が、時代は悪い方に変わってしまった。今は、上にいる者が下の者に気を遣わなければいけない時代だ。それでつい「ああ、それで良いよ」と返事をしてしまった。共有フォルダなるものを使ったことは無かったが、教えてくれと小娘に頼むのも癪《しゃく》だったので、家でネットで使い方を検索した。それが、大きな失敗だった。

「衣装合わせ・永久保存版」

別に、誰も傷つけていない。撮られていることを本人が知らないのだから、傷つきようがない。自分と、少数の同好の士が、ごくごくひっそりとこっそりと鑑賞するだけのことだ。たとえば、同じ大学の同級生だった外東紘平。

「女性が純粋に美しいのは十四歳まで」

とある飲み会でそう盛り上がり、友達になった。子役の衣装合わせの時、着替えスペースに小さなカメラを設置する。それだけ。良いものを見せてくれた子には、現場でさりげなく台詞《せりふ》を増やしてあげる。本人も、現場に付き添いでやってくる保護者やマネージャーも喜ぶ。外東も喜ぶ。外東がいろいろな会議で自分を推薦してくれることで、自分の仕事も増える。仕事が増えれば、楽しみな衣装合わせの機会も増える。ウィン・ウィンだ。文字通り、みんなが幸せだった。あのＡＤが、あのフォルダの中を覗くまでは。

「衣装合わせ・永久保存版」

最初は、そこまで深刻な事態とは思っていなかった。外束が、製作委員会に参加のプロデューサーのひとりとして、あのADときっちり話すと言ってくれたからだ。なので、

「解決したよ」

の電話連絡をそのまま信用した。恩に着るというほどでも無い。自分と外束は同好の士。このことについては一蓮托生《いちれんたくしょう》なのだから。

ところが、突然、風向きが変わった。

六月。俺は名古屋の居酒屋で、久しぶりに学生時代の同級生たちと酒を飲んでいた。

「久しぶりに、監督ってやつをやることにしたんだ」

確かに、少しは舞い上がっていたかもしれない。同じ映画製作でも、肩書きが監督とチーフADでは楽しさが天と地ほど違う。そして、有名女優が主演となると、周囲の目も違う。

「え？　主演、水田智秋なの？」

「おう」

「水田智秋が、おまえの指示で演技をするの?」

「そりゃ、そうさ。俺が監督なんだぜ?」

「うへー。信じられんねー」

「ばーか。もう新聞発表もしてるんだぞ」

「くそー。羨ましい。俺も、水田智秋、会いてえ」

そんな会話で盛り上がっている時、携帯が鳴った。かけてきたのは外東だった。わざと、同級生たちの前で電話を取った。業界人ぶった会話を、田舎の同級生たちに聞かせたかったからだ。

「もしもーし。元谷でーす」

電話に出ると、予想に反して、外東の声は不機嫌そうだった。

「なんだ。誰かと飲んでるのか?」

「ああ、うん。名古屋時代の同級生と。おまえが知ってるやつもいるぞ」

「なら、店の外に出ろ。こっちは、ちょっとまずいことになってるんだ」

「え?」

「おまえ、あの時のタペンスの……」

呆然とした口調で彼は言う。激しく混乱する。なぜ、この男がここにいるのか。なぜ、この男が、水田智秋の病室のベッドに寝ているのか。

その理由の一つは、メリッサとレイチェルが広中美桜のファンだったからだ。

3

4

女子大小路は、日が落ちると雰囲気がガラリと変わる。スナックやラウンジの看板が次々と灯り、アジアン・テイストの屋台なども多く現れる。日本にいながら、まるでマニラやバンコクを旅行している気分が味わえるほどだ。

野口蓮太《のぐちれんた》は、家庭のストレスが溜まると、それが変なところで爆発しないよう、女子大小路できっかり三千円だけ飲むことにしている。三千円で家庭の平和が保てるなら安いものだ。

今回のきっかけは妻との朝の会話だ。

「え？　まだゴミ出しの準備出来てないわけ？」

グレーのスーツの襟を正しながら、蓮太は眉を顰める。襟足の白髪が気になり始めた四十代半ば。皺の寄ったワイシャツのボタンが、わずかに突っ張っている。

「だ・か・ら、今、お皿洗ってるところ！　あと二分だけ待ってて！」

台所から妻が怒鳴っている。

「今日は朝イチで会議なんだって言ったじゃないか！　二分も待てないよ！」

妻の二分はいつも五分。妻の五分はいつも十分だ。

「今日は君が生ゴミを出してくれ！」

そう怒鳴り返すと、また台所から怒鳴り声が飛んで来た。

「嫌よ！　ゴミ出しはあなたの仕事でしょ！　ロクに家事の手伝いしてないんだからそれくらいはきちんとやって！」

「でも、会議が！」

「なら、駅まで走りなさいよ！　最近デブってるんだからちょうど良いでしょ！」

「！」

自分が前夜のうちに洗い物をしていれば問題無かっただけなのに、なんという言い草だ。なぜ、こんな女と結婚してしまったのか。蓮太は人生を後悔し、

（今夜は飲もう）

と、その時決めたのだった。

夜の七時ちょうど。四階建てのペンシル・ビルの前で、蓮太はネクタイを緩めてから階段を上がる。開店と同時にここで飲むのは初めてだなと思う。いつもは会社からの帰りがけにやり取りする妻とのショートメールでストレスを溜めるので、飲みに来るのももう少し遅い時間になるのだ。

バー・タペンス。

なんてことのない普通のバーなのだが、蓮太はここのバーテンが気に入っていた。彼とは気が合う。蓮太が妻のわがままや気の強さを愚痴ると、彼はいつも深く深く同意してくれる。

「何なんスかね、強い女って。俺ら男が強くなろうとしてるんだから、おまえら女は強くならなくて良いんだよって言ってやりたいです。強くなくて良いから、可愛くなれ！　可愛くなって、俺たちを立ててろ！　俺、いつもそう思うんです」

あー、そういう発言を聞いているだけでスッとする。

「君は、結婚しているの？」

「や、してないです」

「でも、身近にいるんだろう？　強い女が。強くて、可愛くない女が」

「わかります？」

「わかるとも。俺たちは、ある意味、同類だからね」

そんな会話を何度もした。彼の場合、二人姉弟の姉というのがゴリラみたいなのだという。気の毒なことだ。

カランカラン。ドアベルを鳴らして店の中に入る。チェロの音色で店内が満ちていた。そして、カウンターの中には、いつもの彼ではなく、猛烈にセクシーな女性が二人。褐色の肌に、金色の髪。一人は、張りのあるバストを強調したダイナマイト・ボディに赤いナイト・ドレス。もう一人は、パリコレのモデルのような長身のスレンダー・ボディに黒のナイト・ドレスだ。

「あれ？」

店を間違えたのか。それとも、タペンスは潰れて違う店になってしまったのか。

「ダイキか？　ダイキなら病院ダ。都合ニヨリ再入院」

赤いドレスの女が教えてくれた。

「再入院？　彼、病気なの？」

驚いて質問をすると、今度は、長身でスレンダーな黒のナイト・ドレスの女性が答えてくれた。

「チガウ。アイツはずっとある意味ココロがビョーキだけど、今回の入院はチガウ」

赤いドレスが頷く。

「ソウソウ。ヤツはオトリ」

黒いドレスがニッコリ微笑む。

「ソウソウ。使い捨てにピッタリ」

「死んデモ惜シクナイ」

「デモバカだから多分死ナナイ」

「ダイキはバカだから無敵」

「デモ、姉ちゃんはステキ」

「ワタシタチ、姉ちゃんのファン」

「ファンだから、姉ちゃんに頼マレタラ手伝ウ」

「ソウソウ。ダカラ、ワタシタチ、今夜ダケこの店のルスバン」

「ダイキの代ワリに、ジャクリーヌ・デュプレを掛ケナケレバナラナイカラ」

「……」

蓮太には彼女たちの説明がほぼ理解出来なかった。だが、そこはあまり重要ではなかった。彼女たちは言いながら蓮太の横に来て、彼の両腕に自分たちの腕を絡めた。

「カウンター、ドーゾ」

座る。赤いドレスは右に。黒いドレスは左に座る。赤いドレスの方は胸が大き過ぎて、先ほどから蓮太の二の腕にポムポムと柔らかく当たり続けている。

蓮太は、バーテンの彼のことを考えるのはやめた。

5

「なぜ……」

そう掠れた声で呟いた時、背後から声がした。

「なぜって、ここは水田智秋さんの病室じゃないからね」

「！」

振り返る。いつの間にか、女が立っている。こっちの女にも見覚えがあった。「どまつり脅迫犯を逮捕した美女」として、今、ＳＮＳで最もバズっている女だ。彼も、あの動画は三十回近く観た。

「あなた、水田智秋さんの居所を教えろって、外東さんに何度も電話をしたでしょう？」

「だからなんだ。あんな事件があった後だ。仕事仲間の心配をして何が悪い」

「仕事仲間？　あなたをクビにした女優さんでしょう？　その人の心配だなんて、そんなの誰が信じるの？　監督さん。おっと。間違えた。元・監督さんでしたね。元谷勝利さん」

「……」

名前を呼ばれて、背中に嫌な汗が出た。女は挑発的な口調で言いながら、個室のドアの前に移動する。彼を外に逃がさないためだろう。

彼は、渾身の力を振り絞って、大夏の尻のギプスからダガーナイフを引き抜いた。

「むぎゃ！」

大夏がまた悲鳴を上げる。それを無視して、切っ先に血の付いたナイフを女に向けた。が、女の方は、少しも動じた気配が無かった。

「あなたは知らないだろうけど、どまつりの水野って専務と、名古屋掖済会病院の院長は仲良しなんだって。外東さんが教えてくれたの。それで、彼経由で病院にお願いをしたの。水田智秋さんの安全のために、空いている病室を一つ、貸してくださいって」

「……」

「勘が外れて空振りに終わっても、空き病室を一つ使ったってだけで、誰かが傷つくわけじゃなし。そう思って」

「……」

「もともとこれは、変な事件だった。どまつりを恨むって意味がわからないし、どまつりの委員会に払えと言っている金額も大き過ぎるし、どまつりが中止になって得をする人っていうのもパッとは思いつかない。でも、あんたが変な電話を何度もしたせいで、外東さんは気がついた。どまつりが中止になって得をする人はいないけれど、どまつりをフィーチャーした映画が中止になって得をする人はひとりだけいるって」

　女の方は饒舌《じようぜつ》だった。いつの間にか、丁寧だった口調が変化していた。この女が極めて暴力的な人間であることは、あの動画で学んでいる。慎重にならなければ、と彼は考える。

「それで、外東さん、あんたが犯人なんじゃないかと不安になった。それがバレた時、自分も趣味の変態仲間として、社会人生命が絶たれたら最悪だと考えた。それで、確認したくなった。タペンスのバーテンに会って、犯人の顔や背格好について質問しようと考えた。元谷勝利。本当にあんたが犯人なのか、そうではないのか。それについての情報が欲しかった。でも、弟から情報をあれこれ聞く前に私に会ってしまった」

「……」

　ダガーナイフを持ち直し、もう片方の手でバッグの中を探る。

「外東って人、友人にはあまり適さない人ですね。私がちょっと脅しただけで、あんたの情報を次から次に。まあでも、類は類を呼び友は友を呼ぶって言いますものね。あなたって人も、外東さんの友人に相応しい程度のクソ野郎なんだから、自業自得かな」

硫酸の小瓶が指先に触れる。

「どまつり映画。主演・水田智秋。監督・元谷勝利。これってもうマスコミに発表されてる。あんたも自分のSNSで自慢したり、地元の友達に自慢したりしてる。でも、あんたはその後水田さんにクビにされた。映画がクランクインしたら、あんたは現場にいなくて別の人間が映画の監督をしてる。当然、業界の中ではその理由が詮索される。あんたの性犯罪が露見するのは時間の問題だったよね」

「……」

小瓶を、慎重に手繰《たぐ》り寄せる。そして、それを強く握る。

「でも、どまつりが中止になれば、映画も自動的に中止になる。撮影が一度延期になれば、もう一度この映画の企画が復活しても、監督交代に疑問を持つ人はいなくなる。『スケジュールが合わなくて……』とか言えば良い。くだらない動機だけど、あんたは必死だった。三十年近くADで頑張ってきて、ようやく『俺は監督だぞ』って威張れるポジションにまで来た。だから、変態野郎のくせに、テメーが変態野郎だとバレて仕事が無くなることには耐えられないってか。激しくクソだな」

軽蔑、という表現の見本のような表情だった。彼は、その顔に向かって、ダガーナイフを振った。

当たらない。女が半歩下がったからだ。その間合いを、彼は一気に詰める。詰めながら、左、右、左と、袈裟斬りする形でナイフを激しく振った。女が身を屈めてナイフを避け、体の位置をするりと入れ替える。すれ違った直後に腰のあたりを蹴られたが、彼は気にしなかった。ナイフは当たらないだろうと思っていた。それよりも、ドアの側に自分が回り込みたかった。そして、それは成功した。振り向きざま、女を牽《けん》制《せい》するようにもう一回ダガーナイフを水平に振る。女が少し距離を取る。直後、彼はドアを開けて病室の外に飛び出した。

「待て！」

女が叫ぶ。すぐにあの女も飛び出してくるだろう。その時がチャンスだ。バッグから硫酸の小瓶を取り出し、蓋を外す。身構える。水田智秋に使うチャンスがもう無いのなら、せめて、計画を台無しにした女の顔にこれをかけてやる。

女が出てきた。彼が小瓶を握っているのを見て、顔色が変わった。勘の良い女だ。瓶の中身が何なのか、すぐに察したようだ。だが、察したところで、目の前でぶちまけられる液体を避けることは出来ない。ザマアミロ、だ。男は、液体に勢いを付けるため、小瓶を持つ手をグイッと引いた。

その時だった。

女の後方から、何かが飛んできた。

それは、彼の顔の真ん中に当たり、そのせいで、彼が放った硫酸は、方向が四十度ほどずれた。

6

明け方の四時。名古屋から岐阜まで、美桜はパトカーで送ってもらった。取り調べを担当した刑事が、

「三度目は勘弁してくださいね。事情聴取するこっちも大変なんで」

と嫌味ったらしく言った。

「一回目は人命救助だし、二回目は警察の捜査に協力しただけだと思うんですけど」

そう言い返したが、相手は冷たい目で美桜を睨む。

「今の日本では囮《おとり》捜査は違法ですし、アレに至っては論外です」

「でもでも、相手は脅迫犯で、傷害事件の犯人でもあって、ダガーナイフに硫酸まで持ってたんですよ?」

「わかってます。だから私たちは、一応、あなたのことを協力者扱いしてこうしてお家までお送りしているんです。でも、法律を厳密に運用したなら、あなたの方も刑務所行きですからね? そこはしっかり自覚してくださいね」

言いながら、刑事は自分の携帯をいじっている。そして、

「あ、もう上がってる。最近は本当に早いな。見ます?」

と冷たい声で言って、自分の携帯画面を美桜の顔の前に突き出した。

スマホの画面には、夜の病院が映っている。硫酸を美桜の顔にかけ損なった映画監督が逃げている。それを美桜が追っている。駐車場に駆け込み、乗ってきたレンタカーを発進させる映画監督。美桜は、タッチの差で追いつけなかった。

と思いきや。

美桜は両手を広げて車の進行方向を塞ぐ。車は、美桜を撥《は》ねるつもりで突っ込んでくる。と、美桜は車の目の前で飛び上がり、そのボンネットの上を転がり、フロントガラスも重力に逆らって転げ上がり、屋根の上に大の字にしがみついた。そんな映像に、撮影者とその友達と思しき人の、

「うっわ!」

「マジか!」

「クソヤバイ!」

「アタマ、イカれてる!」

などの声が入っている。

「あの時は、『絶対捕まえなきゃ』って思いで頭がいっぱいだったんです」

そう言いながら、刑事の方に携帯を押し返す。刑事は陰険な性格らしく、すぐにまた、

「あ、こんなのももうネットに上がってますよ」

と言って、また自分の携帯画面を美桜の顔の前に突き出してくる。

運河沿いの道を蛇行しながら走る白い車。後輪が、ギャリギャリと音を立てながら横滑りしている。屋根の上には美桜がいて、半身を乗り出した姿勢で運転席の窓やドアをガンガン叩いている。

無言で押し返す。

十秒後、また携帯が目の前に突き出される。

美桜を振り落とそうと、ヤマダ電機のだだっ広い駐車場で派手なドリフトをする車。そのまま制御不能になり、目の前の大通りを横断して、中川運河にダイブする。車は沈むが、しばらくすると、映画監督を背後から羽交い締めにした美桜が上がってくる。美桜は、陸地に映画監督を引きずり上げると、渾身の力で彼の顔面にパンチをした。

この動画には、大量のコメントが既に付いている。

「この女、あの女じゃね？　あの火事現場の！」

「それだ！　火事場のタコ殴り女！」

「凄すぎる！　強過ぎる！」

「この人にサスケに出て欲しい！」


私だって、好き好んでこんな危険な橋を渡った訳ではない。内心で、美桜はそう抗議する。だが、では、なぜこのような事態になってしまったのか。

一言で言うならば「成り行き」である。ただの「成り行き」。

なぜか「甍」にヤマモトが来た。とても不可解な来訪だった。そして、これはただの偶然だと思うのだが、ヤマモトが「遠い人」という言葉を使ったのが、妙に美桜の胸に残っていた。

「別に、深い意味はないですよ。私はどまつり関係者じゃないし、本番も見に行くつもりはない。誰が殺されたところで、私には遠い人です」

そして、これもただの勘違いだと思うのだが、「遠い人」という言葉を使われたせいで、なぜかヤマモトに試されているような気がしてしまったのだ。いや、ヤマモトを介して、失踪した父親に試されているような気がしたのだ。そんなことは有り得ないのに。更に夕食の時、琴子が追い討ちをかけてきた。それでなんとなく、名古屋に行ってしまったのだ。メリッサやレイチェルとちょっと話をしてみたくなって。なのに、その前に、バカ弟の店に顔を出してしまった。我ながら、とてもチグハグな行動だった。なぜだろう。ここ最近、ずっと何かがチグハグだ。でもそんな、自分でも上手く理解出来ていないことを、初対面の刑事に説明するのは難しかった。なので、

「すみません。反省してます」

と呟くように言い、頭を下げた。刑事は「ふん」と鼻を鳴らしただけだった。

帰宅後は風呂をパスし、そのままベッドに入った。変な電話に起こされないよう、携帯の電源を切って眠りについた。

(夕方まで寝てやる)

そう決意して、寝た。しかし、その願いは叶わなかった。朝の九時ちょうどに、琴子に叩き起こされたのだ。

「美桜ちゃん、大変よ」

「……」

無視して寝続けたかったが、琴子は全力で美桜の体を叩き、更にゆさゆさと揺すった。

「たった今ね、速達が届いたの！　速達よ？　うちに速達が届くなんて何年振りかしら！」

「速達？」

仕方なく、美桜は目を開ける。琴子は、夏の間は、オレンジ色の服しか着ない。今朝の琴子も、まるで朝日そのもののように眩しかった。

「それが、速達？」

美桜は、琴子が左手に握りしめている封筒を見ながら言った。

「そうなの！　普通郵便じゃないの！　速達なの！」

「見せて」

なぜ琴子がそこまで速達にはしゃぐのか理解出来なかったが、とにかく美桜は起き上がった。差出人は、名古屋掖済会病院の経理担当。封筒の口を雑な手つきで破ると、中から手紙と請求書が出てきた。タペンスのビルの階段で刺された時、大夏は保険証の提示も出来ず、クレジット・カードも無く、現金も持ち合わせが無く、

「お金は必ず岐阜に住んでいる姉が払います」

と言って「甍」の住所と美桜の名前を書き残したらしい。その後、無断で退院したので、掖済会病院の担当者は大いに困ってしまったようだった。ちなみに大夏は昨夜、水田智秋の身代わりとなって、美桜立案の囮捜査に参加し（力ずくで参加させられ）、

前回刺された場所とほぼ同じ場所をまた刺されてそのまま入院生活に逆戻りになった。経理担当からのこの手紙は、昨日出されたのだろう。それで入れ違いで今日ここに届いてしまったのだと思う。とはいえ、今回の大夏も、保険証は持っておらず、クレジット・カードも無く、現金の持ち合わせもほぼ無いはずだ。そしてまた、

「お金は必ず岐阜に住んでいる姉が払います」

と言って自分の名前を書くのだろう。美桜は深々とため息をついた。

「大夏は元気なの？」

どのくらい事態を理解出来ているのかわからないが、琴子がそう質問をしてきた。

「どうだろう。万全の状態じゃないと思うけど、好きな女の子の役に立てたんだから良いんじゃないの？」

美桜が答える。

「あら。大夏、好きな女の子がいるの？」

「あいつはいつでも誰かを好きでしょ」

「あら。素晴らしいわ。大夏はやっぱり愛の男の子なのね」

「はい？　大夏はいつだってアホな男だよ」

「あら、美桜ちゃん。わかってないのね。男はアホで愛なのが最高なのよ？」

「……そう？」

「そうよ！　これは絶対よ！」

　琴子は地声が大きい。その琴子と話をしているうちに、美桜はすっかり目が覚めてしまった。大夏が踏み倒している金額を確かめる。誰かに借りがある、という状態が美桜は苦手だった。こういう金は、なるべく早く払ってしまうに限る。と、琴子も一緒になって請求書を覗き込み、

「このお金を払うと、大夏の恋は実るのかしら？」

　と、不思議な質問をしてきた。大夏の恋が実る可能性はまったく無いが、正直にそう言って琴子に反論されるのも面倒なので、

「さあ、どうだろうね」

　と曖昧に答えて会話を切り上げた。ベッドから洗面所に移動する。顔を洗い、歯を磨き、日焼け止めを兼ねた簡素なメイクをする。寝室に戻り、Tシャツとジーンズに着替える。起きてしまった以上は、さっさと行動しよう。階下に降りる。と、全身オレンジ色の琴子が、ピクニック用のオレンジ色のバスケットを両腕で抱え、楽しそうに玄関に立っていた。

「あれ？　お母さんも出かけるの？」

「そうよ」

　少し澄ました笑顔で琴子は言った。

「どこへ？」

嫌な予感がした。

「それはもちろん、美桜ちゃんと一緒のところよ」

やっぱり。


琴子を連れて、名古屋駅へ。名鉄ビルの前にあるバス停に移動して、そこから名古屋掖済会病院に。昨日の今日でまさかまたここに来ることになるとは思わなかった。幹名駅二路線で野跡駅行きのバスに乗る。乗客全員がオレンジ一色の琴子を見て、それからそっと視線を逸らす。琴子は何も気にしない。最後列の窓際に座り、オレンジ色のピクニック・バスケットを大切そうに膝に抱える。目的地である「玉船町三丁目」までバス停は十四個。琴子は、ちょっとした小旅行の気分のようだった。

「バス停、○○橋って名前が多いわね。長良橋だなんて、ここがまだ岐阜かと思っちゃうわ♪」

美桜の耳元に顔を寄せ、琴子は楽しそうに囁く。「猿子橋《えんこばし》」「小栗橋」「長良橋」「八熊橋」「篠原橋」「野立橋」「中野橋」「蜆橋《しじみばし》」「昭和橋」……確かに○○橋だらけである。バス通りの左側にはずっと中川運河。周囲は倉庫街で高い建物が少なく、空が広くて美しい。錦で働いていた頃もこのあたりに来たことはなかったし、大夏を訪ねた時は夜だったので街の雰囲気があまりわからなかった。この運河をまっすぐ進むと海か。琴子を連れて、海まで行くのも楽しいかもしれない。そんなことを考える。

病院でも、やはり琴子は注目の的だった。美桜は、キャップを目深に被っていたので、昨夜の大事件の当事者だとは気づかれなかった。大夏は、昨夜と同じ病室にいた。昨夜は無料の空室レンタルだったが、今日からは正規の入院費用が発生しているはずだ。前払いが可能ならそれも今日払っていきたい。そんなことを美桜は考える。

大夏はうつ伏せで眠っている。尻のギプスが、更にぶ厚くなっている。

「大夏。ご飯よ！　お弁当、持ってきたわよ！」

琴子が大声を出しながら大夏の尻のギプスを叩く。それから、バスケットの中からお弁当箱を取り出す。漂う匂いだけで中身がわかる。大夏の大好きな甘い卵焼き。それと、朴葉味噌の入った丸いおにぎりだ。間違いない。美味しそうな匂いに釣られて、大夏が起き上がる。なぜか、目に涙が浮かんでいる。

「あら、大夏？　どうしたの？」

琴子が尋ねる。大夏はしばらくぼんやりしていたが、やがて、

「母ちゃん。俺、振られるみたい」

と言って、涙をポロリと一粒流した。

「はい？」

琴子が首を傾げる。

「夢の中で姉ちゃんが、絶対に告白するなって。告白したら、死ぬほど酷い振られ方をするぞって」

「はい？」

この「はい？」は美桜の声だ。

「俺、悔しくて。悔しくて、悔しくて、悔しくて。でも、こういう時の姉ちゃんの予言って、一〇〇パーセント当たるって知ってるから」

「美桜ちゃん！」

琴子が振り返って美桜を睨む。

「大夏はあなたのたった一人の弟なのよ？　もう少し、優しくしてあげてちょうだい！」

「そんなこと言われても……」

大夏を泣かせたのは夢の中の美桜であって、現実の私ではない。ついでに言わせてもらえば、大夏が智秋に告白してもその先には手酷い失恋が待っているだけなので、夢の中の美桜の言葉は完全に正しい。だが、琴子は、大夏のことを「良い男」だと思っている。

「あの子は世界で二番目に良い男だと思うの。だから私は何の心配もしていないの。

いつか必ず、あの子の良さをわかってくれる女の子が現れるから」

この言葉、美桜はもう十回以上聞いている。一度だけ、止《よ》せば良いのに、

「じゃ、世界で一番は誰？」

と質問してしまった。

「舘ひろし」

的な答えを期待していたのだが……琴子は舘ひろしのファンだ。岩城滉一も好きだ。郷ひろみも大好きだ……琴子はあっさりと、

「それはもちろん、お父さんよ」

と答えた。

フィリピン・パブのホステスと駆け落ちする男が世界一なら、大夏が世界二位でもまあ良いかと思う。琴子には琴子の好みがある。自分とは違うだけだ。

「そういう意味では、美桜ちゃんはちょっと可哀想ね。一番良い人を摑まえても、その人は世界で三番以下なんだから」

「はいはい」

馬鹿馬鹿しい会話。あれは、何年前の会話だっただろうか。

と、病室のドアがコンコンと控えめにノックされた。

「あら、誰かしら。お父さんかしら」

琴子が、はしゃいだ声を出した。

「は？　何言ってんのよ、お母さん」

言いながら、美桜がドアを中から開ける。外に立っているのは、この病院の経理担当の誰かだろう。そう予想した。が、廊下にいたのは別人だった。

「失礼します。愛知県警の緒賀です」

そう言って、刑事は頭を下げた。

「あら……若い頃の草刈正雄さんにそっくりね」

琴子がまた、華やいだ声を出した。そういえば、琴子は草刈正雄のファンでもあった。

「母です」

美桜が琴子を紹介する。琴子は、弁当箱を大夏のお腹に乗せて立ち上がる。緒賀の目の前までやってきて、彼の外見をつぶさに観察し、それからこう言った。

「緒賀さんておっしゃるの？　初めまして。美桜の母でございます。突然ですが、あなた、お付き合いをされてる女性はいらっしゃるの？」

「お、お母さん？　何、いきなり失礼な質問してるの？」

「あら、何が失礼なの？」

そして緒賀に向かって、

「失礼でした？」

と質問をした。緒賀はちょっと苦笑いを浮かべて、

「いえ、別に失礼ではありません。それと、お付き合いしている女性はおりません」

と答えた。

「あら、まあ。なら、うちの美桜はどう？」

「お母さん！」

「だって、お母さん、心配してるのよ。美桜ちゃんが大夏の恋の邪魔をついついしちゃうのって、自分が幸せになれていないからじゃないかって」

「はあ？　私は大夏の恋の邪魔をしたことなんてないわよ。それどころか、不本意だけど何度も心の中では応援してきたわよ。誰でも良いから、このダメ弟の面倒を見てくれる女性が現れますようにって！」

「え？　そうなの？」

今度は大夏が大声を出す。

「あー、うるさい！うるさい！うるさい！　ったく、緒賀さん、いきなりうちに何の用ですか？」

美桜は八つ当たりを自覚しながら、緒賀を睨んだ。

「大夏の事情聴取？　だったら、私たち、すぐにここ出ますけど」

「いえ。ちょっと美桜さんとお話がしたくて」

「え？　私と？」

「はい。あなたと」

事情聴取、では無いようだった。それは昨夜、徹底的に別の刑事からされている。琴子と大夏が、目を爛々《らんらん》と輝かせて二人のことを見ている。

「じゃ、ちょっと別の場所でどうですか？」

美桜はそう困惑しながら言うと、大夏の病室からそそくさと外に出た。

「少しだけ、病院の外に出ても良いですか？　なるべく携帯にはいつでも出られるようにしておきたいので」

そう緒賀が頼むので、美桜と緒賀は、病院の近くの道を、特に目的地もなくゆっくり歩いた。

「ところで緒賀さん、どうしてこの病院に？」

「朝から昨夜の実況見分がありましたし。それに、ここで待っていたら美桜さんが来るだろうと思っていたので」

「え？　何で私が来ると思うんですか？」

「え？　だって、美桜さん、実は過保護なくらい大夏くん思いじゃないですか」

「はあ？　全然違います」

「違いませんよ」

「全然違います。今回は、あのバカが前の入院費を踏み倒していたのと、あとは母への親孝行です。私は、弟が大嫌いなんです」

「なるほど。美桜さんは頭の良い女性なのに、家族のことにだけバカになるんですね」

「は？」

「でもまあ、良いです。きっと今日来るだろうと思ったし、実際、美桜さんは来たわけですから」

「……」

　何ともモヤモヤした気持ちのまま、美桜は緒賀と、病院のすぐ近くにある東海橋まで並んで歩いた。橋の上、中川運河の下流遠くにカラフルな観覧車が見えた。あの観覧車の向こうが海だろうか。こんな景色の中を緒賀と二人でいることが、美桜には少し不思議に感じられた。

「正直、ショックを受けました」

　東海橋の真ん中で、緒賀はそう切り出した。

「ショック？」

「はい。どうして事前に相談してもらえなかったのかと」

「……」

「自分らが協力していれば、大夏くんがもう一度刺されることもなかっただろうし、美桜さんがあんな危険なことをすることにもならなかったはずです」

三ヶ月前。美桜は、大夏を囮にして、とある殺人犯を逮捕したことがある。その時は、最初から緒賀に相談し、緒賀は刑事としての通常の手順を大幅に逸脱しながらも美桜に協力した。にもかかわらず、今回、美桜が一人で暴走したことを緒賀は責めているのだった。

「でも、あの時、緒賀さん言ってませんでした？　もう一回同じことをやったら、次は懲戒免職かなって」

小声で、美桜は弁解する。

「あの時は、まさか次があるなんて思いませんでしたよ」

緒賀は、美桜とは反対側、運河の上流の方を見つめながら言った。

「でも、あの時に懲戒を喰らっても、自分は後悔しませんでしたよ？　だって美桜さんと大夏くんのおかげで、自分たちは幼い女の子を殺した変態野郎を二人も逮捕出来たんです」

「……」

「今回だってそうです。警察が検問を張っていれば、走る車のボンネットに美桜さんが飛び乗るようなこと、しなくても済んだんです。一歩間違えたら、美桜さん、死んでましたよ？　わかってますか？」

「……」

もちろん、それはわかっていた。返す言葉も無いというのはこのことである。それで、

「あの映画監督……ええと、名前、元谷でしたっけ？　素直に自供してるんですか？」

と、話題を変えた。

「さすがに観念したみたいで、素直に自白を始めています。大夏くんと初対面のはずなのに、『おまえ、あの時のタペンスの……』と口走ったのは致命的でしたよね」

「そうですか」

「実は、元谷に監督のクビを納得させるために、映画の製作委員会がとある提案をしていたそうなんです」

「提案？」

「はい。元谷が素直に監督を降りるなら、関係者全員に『守秘義務についての誓約書』へのサインをさせると。確かに、監督による幼女の着替え盗撮では映画のイメージが最悪になりますし、元谷自身も、自分の悪評が業界に広まらないならそれに越し

たことはないですからね。でも、それも水田智秋は拒んだ。小学生や中学生の女子を性的な目で見る男なんて、自分は許したくないと言って。どうも、彼女自身、過去にそういうトラウマがあるみたいですね。そういう経緯も、元谷を精神的に追い詰めたようです」

「それで、ナイフに硫酸ですか」

「バカな男です。映画監督という肩書きにしがみつきたくて、殺人未遂犯にまでなってしまった。あの時、硫酸が美桜さんに掛からなくて本当に良かったです」

そう言って、緒賀は一つ、大きく息を吐いた。そんな緒賀の横顔を見つつ、美桜は、昨夜からずっと気に掛かっていたことを切り出した。

「緒賀さん。その硫酸のことなんですけど」

「はい」

「元谷が私に向かって硫酸を掛けようとした時、私の背後から何かが飛んできて元谷の顔に当たったんです。あれって、何だったんでしょうか？　私、あの時は元谷を捕まえることに一生懸命で後ろを振り返る余裕が無くて」

「ああ、それですね。実は自分も、それを美桜さんに訊きたいと思っていたんです」

緒賀は鞄を開き、中から透明のビニール袋を取り出した。

「その時、飛んできたのはこれです」

中には、大ぶりな玉ねぎが一つ、入っていた。

「大夏くんの病室前の廊下に落ちていて、看護師さんが拾って保管していてくれました。もしかして、事件に関係するものかもと」

受け取った玉ねぎを、美桜は透明なビニール越しに、じっくりと見た。あの玉ねぎによく似ている。毎年、「甍」に送られてくる、差出人不明のあの段ボールの玉ねぎだ。手の中でくるくると回転させ、力を入れて押してみる。均整が取れた美しい形をしているのに、頭の部分が凹《へこ》んで傷がついている。この玉ねぎが自分を救ってくれたのか。おそらくそうなのだろう。根拠は無いが、玉ねぎを手に乗せた瞬間からそれを美桜は感じていた。

「硬く締まっていて、ずっしりと重いでしょう？　それに、外の皮はパリパリと乾燥していていてツヤがある。これ、玉ねぎの中でも、最高級のやつだと思います」

そう緒賀は言う。

「警察でも、どこの玉ねぎだろうって議論になりましてね。みんなでネットで検索して、玉ねぎ鑑定をしましてて。覚えてますか？　自分の相棒の鶴松って刑事。実は彼、すごいグルメでして。彼曰《いわ》く、これは北見の玉ねぎだと」

「北見って、北海道の北見ですか？」

「はい。北見の玉ねぎだと、彼は断言してました」

7

運命の日。

そう書き記すと、少し大袈裟に感じる人もいるかもしれない。でも、冷静に振り返ってみて欲しい。

「思い返せば、あの日が運命の分かれ道だったんだなあ……」

そう思い当たる一日が、きっとあなたにもあるはずだ。


あと少しでどまつりの本番がやってくるという、とある夏の夜。その日が、広中心太にとって、「運命の日」だった。

二十一時〇〇分。

その夜も、チーム『タマミヤ』は、和気《わき》藹々《あいあい》とした雰囲気の中、充実の練習を終えた。

「台風がどんどん近づいてきておりますが、どまつりはきっと開催されます。みんな、それを信じて、ラストスパート頑張りましょう！」

チーム・リーダーの心太は、そう最後に挨拶した。ふと、全員と握手をしたくなったが、それは不審がられそうなのでやめておいた。計画が成功し、何事も無かったように自分は明日からも日常生活を送る。そして、ここにいるみんなとどまつりに出る。握手は、そのステージが無事に終わってからで良い。帰っていく仲間たちの後ろ姿に手を振り、体育館に鍵を掛け、加納東公民館を出る。生温かい風がかなりの強さになっている。台風は、気象庁の予想より速度が速いようだ。電線が、風に煽《あお》られ揺れている。まるで、今の自分の心のようだ。強風の中、岐阜駅までチャリを漕ぎ、そこから名古屋駅に。そして、地下鉄で栄駅に。実は、夜の栄に来るのは初めてだった。新体操の選手だった時はアルコールは飲まなかったし、そのせいで、引退して普通の教師になってからも繁華街に行って居酒屋などで飲む習慣とは無縁だったからだ。派手なネオン。楽しそうな酔客の集団。外国語訛《なま》りで呼びかけてくる様々な屋台。それらを見つつ歩く。歩きながら心太は、人生最大の衝撃だったこの三日間の出来事を思い返していた。

まずは、先一昨日。

夜の学校の化学室で、間宮美月と会った。

「こんな時間に、ここで、何をしてるんだ？　間宮」

「……覚醒剤を作ろうと思って」

彼女は、絶対に今の家を出るのだと決めていた。そのためには金が要る。しかし、中学生では普通にアルバイトは出来ない。なので、違法薬物を作って稼ごうと思った。そう美月は説明した。ちなみに、なぜ違法薬物かというと、少し前、大須でナンパされた相手から『これをやると疲れも嫌なことも吹っ飛んでハッピーになるよ』と言われて脱法ハーブを貰ったことがあったからだ。彼女はそれを自分では使わず、転売した。立派な犯罪である。それで、一ヶ月分の小遣いが手に入った。ネットで検索し、図書館でも化学の本を調べ、アンフェタミンなら自分にも作れるのではないかと美月は考えた。

「世の中、子供に優しい大人ばかりじゃないんですよ、先生」

そう美月は心太に言った。

「私、十六になったら、多分セックスを強要されるんです。母親の愛人か、その愛人の部下の人か。どっちにしろ、あの人たちのおもちゃにされるんです。今逃げないと、きっとそうなるんです。だから、お金が要るんです」

心太は、それに対して何も言うことが出来なかった。担任の教師として、何一つ、彼女の心に響く言葉を持ち合わせていなかった。

（やり切れない……）

あれ以来、心太の心は鈍く痛んだままだ。乗り越えさせたい。八方塞がりに見える彼女を、もっと自由で幸せな場所に導きたい。だから、考えた。あれから、ずっと必死に考えている。

一昨日の放課後。

心太は、名簿の住所を頼りに美月の家を訪ねた。エレベーターの無いビル。階段で五階に上がる。呼び鈴を鳴らすと、中から母親らしい女性が出て来た。

「突然、すみません。間宮美月さんのクラスの担任をしております、広中心太と申します」

「先生？　先生がいきなり何のご用ですか？」

「か、家庭訪問です」

「は？　そんな連絡、いただいてましたっけ？」

母親は、露骨に不審がったが、心太は強気で押し通した。部屋に上がり込み、美月の家の中をつぶさに観察した。どこに寄り道をしていたのか、美月の帰宅は十九時近かった。その時間まで心太は彼女の家に居座り、あれこれ母親の沙知絵にプライベートな質問をした。母親の嫌そうな顔は気にしないことに決めていた。

美月が帰ってくると、心太は立ち上がり、

「では、そろそろ失礼します。あ、間宮さん。良ければ栄駅まで送ってもらえませんか？　自分、岐阜の田舎者で、名古屋みたいな大きな街だとすぐに道に迷ってしまうんです」

と言った。母親の中で、心太への不審度は最大値まで上がったようだったが、それでも彼女は何も言わなかった。

「送ってあげたら？」

そうそっけなく言って、母親は奥の部屋に引っ込んだ。

(そういうところが、娘は寂しいんじゃないかな)

そんなことを、自分の行動は棚に上げて、心太は思った。

美月と二人きりになると、心太はすぐに考えてきた提案をした。

「思い切って、警察に相談するというのはどうだろう」

「なんて？」

「怖いヤクザに脅されてます。保護してくださいって」

「証拠は？」

「証拠？」

「私が脅されてるっていう証拠は？　本人は絶対に認めないし、いつも一緒にいる手下の人たちだって誰も証言しないだろうし、私の母親もそいつから貰うお金がなくなったら生活していけないから、私よりヤクザの方の味方をするよ？　そんな中で、警察の人はどうやって私の話を信じて、私のことを守ってくれるんですか？」

「……」

その通りだろうと思った。

「警察に相談して、でも警察は何もしてくれなくて、結局志村ってヤクザを怒らせただけで終わったら、その後、私、もっと酷いことを志村からされると思わない？」

「……」

それも、その通りだと思った。今のまま警察に行っても何の解決にもならない。それは心太も思っていた。ただ、彼は伝えたかったのだ。自分は、美月の味方だと。君と一緒に、何か良い方法がないかとことん考える覚悟ではいるのだと。

「わかった。先生はもう一晩、方法を必死に考える。だから明日。明日、もっとゆっくり話そう」

「明日？」

「そうだ。明日も自分は名古屋に来る。そうだな。夕方の五時はどうだろう。夕方の五時に『希望の泉』の前で待ち合わせをしよう」

『希望の泉』というのは、久屋大通公園にある噴水で、栄の待ち合わせ場所としてはとてもポピュラーな場所だった。

そして昨日。

二人は『希望の泉』の前で会い、そのまま噴水脇に並んで腰を下ろした。外で話すことにしたのは、喫茶店やファスト・フードの店に入って、会話を誰かに聞かれてしまうのは怖かったからだ。

「証拠を作る、というのはどうだろう」

心太は提案した。

「証拠を、作る?」

「たとえば、その志村って男の会話をこっそり録音するんだ。それを警察に持ち込む」

「『冗談を言っただけだ』って開き直ると思うけど」

「中学生の女の子には、たとえ冗談でも許されない会話のはずだ」

「先生はそう考えてくれるかもしれないけど、警察はどうだろう」

「警察だって、一緒に怒ってくれるに決まってる」

「私はそうは思わない」

「どうして?」

「だって、志村、いつも自慢してるもん。『俺は、警察と仲良しだ』『偉い政治家とも仲良しだ』『だから、俺の車は、錦や栄のどこに駐車していても、絶対に駐禁の切符は切られないんだ』って」

　押し問答のような会話がしばらく続いた。続けながら心太は、悲しい気持ちをどんどん抑えきれなくなってきた。自分より、中学生の美月の方が正しく未来を予想している。そう思えてならなかったからだ。が、だからといって、心太は引き下がるわけにはいかなかった。やがて心太は新たな提案をした。

「なら、もっと強い証拠を手に入れるというのはどうだろう」

「強いって？」

「ヤクザなら、いろいろ、法律に違反したことをしているはずだ。それを調べる。調べて、証拠を手に入れて、告発して、その志村ってヤクザを刑務所に入れてしまう。そうなれば、間宮も安全になる」

「……」

　言いながら、（荒唐無稽だと言われそうだな）と心太は思った。だが、美月は真剣な表情のまま黙り込んだ。それで、心太も彼女が何か言うまで隣りで黙っていた。

　やがて、美月は言った。

「私が住んでいるビル……下の階も空いているの。昔はお店だったんだけど、今は空っぽ。で、そこも志村の持ち物なんだけど、実は私、見たことあるんだよね」

「何を？」

「その四階の空き店舗にね、時々、志村って、何かを持ってきて、仕舞ったりしてるんだよね。もしかして、裏金だったり、裏帳簿だったり、何か犯罪行為の証拠だったりしないかな」

「なるほど。それを手に入れて、そして警察に行くんだね？」

が、美月は首を横に振った。

「警察には行かない。私、大人の人を信用してないから」

「え？　じゃあ、犯罪の証拠を手に入れた後はどうするんだ？」

心太が尋ねる。美月は、心太の目をまっすぐに見て、言った。

「証拠を手に入れて、それで、志村を脅す」

8

そして、運命の日、当日。時刻は、二十二時少し前。広中心太は、間宮美月が住むビルの裏手で彼女と合流した。黒いTシャツに紺色のジャージ。

「本当に来るとは思いませんでした」

美月が呆れた声を出す。

「どうして？　昨日、約束したじゃないか？」

脅すのか、警察に行くのか、そこの決着は付いていない。しかし、そもそもとなる「犯罪の強い証拠」が無ければ、どちらも机上の空論でしかない。まずはそれを手に入れてからだ。それを手に入れなければ、それより前には進めないのだ。

「だからって。今からやるのは泥棒ですよ？」

「知ってる」

「バレたら、先生、学校をクビになりますよ？」

「大丈夫。もしそうなったら、先生、喫茶店のマスターになるから。さあ、行こうか」

「……」

美月はすぐには動かなかった。

「一つだけ、先に質問しても良いですか？」

「何？」

「どうしてここまでしてくれるんですか？」

「それは……」

担任の教師だから、と言おうとした。が、先に美月がそれを拒否した。

「担任の教師だから……っていう答えは無しですよ。私、そういう綺麗事は信じない性格なんで」

それは心太も思っていた。今や自分は、教師という職業から逸脱している。その自覚もあった。なぜここまでの危険を冒すのか。その答えを、心太は昨夜、見つけていた。

「実は、先生には、君と同い年の娘がいる。その下には、息子も」

「だから？」

「先生は、ずっと子供たちにこう言ってきた。『おまえたち、優しい人になりなさい。それも、遠い人に優しい人になりなさい。家族や友人に優しいのは当たり前のことだ。近い人にだけ優しくて、遠い人には冷たい人が多いから、人は戦争をしてしまったりするんだ。だから、おまえたち。遠い人に優しい人になりなさい。パパもそういう人を目指す』ってね」

「……」

「間宮。ここで君を見捨てたら、先生は自分の子供たちに嘘を教えてきたことになる。先生、それだけは嫌なんだ。法律を守るとか守らないとかよりも、子供に胸を張れる父親でありたいんだ」

美月はしばらく無言になった。そして、ボソリと一言だけ言った。

「先生って……バカですね」

心太は、それは否定しなかった。その代わり、顔をくしゃくしゃにして笑い、美月の肩をポンと叩いた。

「さあ。泥棒をしよう」


二十二時ちょうど。

間宮沙知絵は毎夜、この時間になると冷蔵庫から五百ミリリットルの缶ビールとスモークチーズを取り出し、テレビの連続ドラマを観始める。美月に「一緒に観よう」と言ったことは無い。美月はベランダに出て、事前に買ってあったロープを下に向けて垂らす。そのロープを、地上で心太が摑む。次の瞬間、するすると彼はロープを四階の高さまで登ってきた。まるで、反重力ベルトを付けているかのような速さだった。あっという間に、空き店舗のベランダに降り立つ。そして、口の動きだけで、

（ロープを仕舞って）

と言ってきた。打ち合わせ通りだ。でも、その指示は無視しようと美月は決めていた。ベランダから身を乗り出すと、自分もロープを摑む。高さと風の強さに恐怖を感じたが、それでも意を決して手すりを蹴る。そして、ズルズルと滑り落ちるようにして、四階のベランダに移動した。

「な、なんて危ないことを！　落ちたら死んでしまうぞ！」

心太は青ざめていたが、美月は相手にしなかった。

「それはお互い様だし、これはそもそも私の問題で、先生はただのお手伝いです」

地上に垂れているロープはそのままだと目立つので引き上げる。各階のベランダは同じ仕様になっていて、壁の左上に換気口が付いている。それをバールでこじ開ける。器物損壊。体の小さな美月が、そこから室内に侵入する。住居不法侵入。美月がベランダの窓の鍵を中から開ける。心太も室内に入る。住居不法侵入、二人目。

この部屋にはカーテンが無かった。だが、繁華街の中にあるビルだ。短時間なら、怪しまれることはないと信じることにした。灯りを点け、心太と二人、手分けして室内を物色し始めた。


その日、心太と美月は運が悪かった。

赤の他人なら、この部屋の灯りを見ても誰も気にしない。が、運悪く、志村の手下のひとりが、ビルの前の道を通りがかった。彼は、志村がそこを使用する時以外、その空き店舗に灯りが点くことは無いと知っていた。志村が今夜、錦で飲んでいることも知っていた。志村がその空き店舗に貴重品を格納していることも知っていた。その店舗の玄関の鍵は、事務所で厳重に管理している。そして、手下を完全に信用しない志村は、金庫の鍵の方はどこか別の場所に隠している。おそらくは愛人の家のどこかだろう。

手下は近くの公衆電話に走った。そして、自分の組の電話番号を大急ぎで押した。

室内を物色すること十分と少し。二人は、冷蔵庫の野菜室に隠してあった金庫を見つけた。いざという時には持ち運びが可能な小型金庫。暗証番号と鍵の併用型だった。鍵は、美月が先に、五階の自宅で見つけていた。

「暗証番号も多分知ってる。あいつ、自分の名前を番号にしてるんだよ。気持ち悪いよね。ナルシスト過ぎて」

美月が吐き捨てるように言う。

「4138」＝シーザー＝椎坐。

エンター・キーを押す。桁数が足りていないようだった。

「464138」＝シム・シーザー＝志村椎坐。

エンター・キーを押す。まだ桁数が足りていないようだ。

「何か、ヒントになるようなこと、思い出せないか？」

心太が美月に尋ねる。沙知絵はあまり志村のことを美月に話さない。沙知絵自身が、志村を好きではないのは明白だった。だが、美月があまりに志村の悪口を言うと、時々こんな風に言って美月を嗜めた。

「あの人はね。悪い人っていうより、単に子供っぽい人なのよ」

「だろうね。常識のある人なら、『俺は王だ』なんて恥ずかしくて言わないものね」

もしかして……美月はダメ元で別の番号を入力してみる。志村は「0＝王」を使っているのではないか？

「0464138」

「4604138」

「4641380」

カチリ。最後の「4641380」で鍵が開いた。正解は、「4641380」＝シム・シーザー・オー＝志村椎坐王、だった。

（バカ丸出しだな）

美月はますますあの男を軽蔑した。金庫の扉を開く。ずしりと重たい透明なビニール袋が入っていた。そして、その袋の中には白い粉がぎゅうぎゅうに入っていた。

「まさか、覚醒剤？」

心太と美月の声が重なった。そういえば、沙知絵はこんなことも言っていた。

「あの人、もうすぐ、今よりもっともっとお金持ちになるらしいのよ」

「は？」

「ヤマモトくんがそう言ってたもの。すごいお金よ。確か、二十億円とか」

これが、その答えだろうか。この白い粉を売り捌《さば》くと、末端価格では二十億円なんて数字になったりするのだろうか。一体、どれほどのお金を出して、志村はこれを買ったのだろうか。

と、その時だった。何台もの車が急ブレーキを踏んで止まる音がビルの下でした。

そして、大勢の男たちが、このビルの階段を駆け上ってくる音がした。

☆

階段を先頭で駆け上ったのは志村だった。ヤマモトは、組員たちの最後尾にいた。

室内に入ると、見知らぬ男が一人、白い粉の入ったビニール袋を手に立っていた。

「誰だ、おまえは」

志村が凄む。志村の背後にはヤマモトを含め、十人の若い衆。

(こいつは、死んだな)

そうヤマモトは思った。それから、男の背後の窓を見た。

(こんなに風が強いっていうのに、あの窓はなぜ開けっ放しなんだ?)

「おまえ、どこの組のもんだ?　まさか、三河のところの枝《えだ》か?」

志村が言葉を続ける。だが、ヤマモトにはその男が裏社会の人間には見えなかった。

「枝」というのは、ヤクザの組の系列を表す隠語だが、彼はその意味も知らないだろう。

「さっさと答えろ！　ぶち殺すぞ！」

志村が吠える。男は観念したかのように言う。

「2年4組です」

「あん？」

「自分は、岐阜市立玉宮中学校2年4組の担任、広中心太です」

「はあ？」

（バカ正直に名乗りやがった……）

ヤマモトは驚いた。しかも、男の発言はそこで終わらなかった。

「私からも、あなたに訊きたいことがあります。この白い粉、これ、覚醒剤ですか？」

「！　だったら何だ？」

と、男は大きく胸を張った。そして、ヤクザに対する素人とは思えないような力強い口調で言った。

「覚醒剤なら、捨てます」

ヤマモトを含む、その場にいる全員が震撼《しんかん》した。末端価格で二十億円の覚醒剤である。仕入れをするだけで億を超える金がかかっている。それを捨てたりされた日には、志村の組織は壊滅間違い無しである。

「そんなこと、させるわけがないだろう！」

志村が吠える。と、次の瞬間、荒木という喧嘩自慢の組員が男に殴りかかった。が、その男は極めて敏捷《びんしょう》で、体のキレが凄かった。彼は荒木の拳を躱し、鳩尾に蹴りを入れ、開いている窓からベランダに出た。慌てて全員で追う。ベランダは、横には十五メートルほど。奥行きは一・五メートルほど。右端には鋼板製の外置き用の物置がある。男は反対側の左端に行き、ビニール袋の上部分に手をかけた。

「おい、おまえ。ちょっと待て。まずは落ち着け」

志村の声のトーンが大幅に変わっている。男が何をしようとしているのか、察しがついたようだった。

「大人しくそれを俺に返せ。そしたら、今日のことは忘れてやる。それだけじゃない。金もやろう。五千万。五千万円でどうだ？」

志村としては、精一杯の猫撫で声なのだろう。が、男は動じなかった。

「断る」

志村の提案を、彼は即答で拒否した。

「自分は、覚醒剤のことはよく知らない。だが、これが世の中に出回れば、たくさんの人が不幸になることはわかる」

「バカ野郎。不幸になったところで、そいつらは全員、おまえの知らないヤツだろう？　知らないヤツのことより、家族に大金を持って帰って、嫁さんに贅沢《ぜいたく》をさせてあげた方がずっと良いじゃないか」

「そのことについては、私は今日、生徒とディスカッションをしたばっかりだ」

そう言うやいなや、男はビニール袋の上部を、力任せに引き裂いた。ふわりと白い粉が、生温かい夏の強風に舞い始める。

「あ。待て。待ってくれ！」

が、男には迷いが無かった。そのまま、ビニール袋を逆さにして、白い粉をすべて、強風の中に放り出した。

☆

ベランダの右端にある外置き用の物置。美月は、その中に隠れて息を殺していた。階下から大勢の足音がした時、心太に両肩を掴まれ「すぐに隠れろ」と突き飛ばされた。だが、室内には隠れるような場所は無かった。それでベランダに出て、この物置の中に入ったのだった。

「バカ野郎。不幸になったところで、そいつらは全員、おまえの知らないヤツだろう？　知らないヤツのことより、家族に大金を持って帰って、嫁さんに贅沢をさせてあげた方がずっと良いじゃないか」

「そのことについては、私は今日、生徒とディスカッションをしたばっかりだ」

会話はすべて聞こえてくる。

そっと、扉を二センチほど開いて、外の様子を見た。激昂した志村が、心太に摑みかかるのが見えた。勢いがつき過ぎて、志村と心太は二人とも手すりの向こう側に身体が落ちた。心太は、いつの間にか、美月が垂らしたロープを手にしていた。志村には何も無かった。

志村は、そのまま落ちていった。悲鳴を上げるのも忘れたように、無言で落ちていき、やがて、あの音が聞こえた。

ぐしゃり。

心太が一瞬、悲しげに顔を顰めるのが見えた。彼はそのまますするすると下に逃げた。

「逃がすな！　絶対に捕まえろ！　捕まえて、ぶち殺せ！」

「や、その前にオヤジだ！　救急車だ！　救急車を呼べ！」

男たちは慌てふためき、部屋から飛び出し、ビルの階段を駆け降りていった。

混乱の中、ヤマモトだけが走らなかった。彼はベランダに残り、床にわずかに残る白い粉を指に取って舐めた。それから、ベランダから身を乗り出し、はるか下方で倒れている志村の姿を眺めた。幸いなことに、彼は足から落ちたようだ。両足がどちらも不自然な方向に曲がっている。腰も相当な強さで打っただろう。だが、頭部は無事に見えた。小さく呻《うめ》きながら、彼は地面の上でもがいていた。あの様子なら、命までなくすことはないだろう。何かしらの後遺症は残るかもしれないが。

それからヤマモトは、外置き用の物置を見た。二センチほど扉が開いたままになっている。近づいて、扉を半分開けた。中をチラリと見る。彼以外の志村の手下たちは、下に着いたようだ。

「いたか?」

「いない!」

「クソ。逃げられたか」

「救急車は?」

「五分で来る!」

そんな声が次々と聞こえてくる。ヤマモトは、物置の扉をそのまま閉じた。

☆

大勢の男たちが騒ぐ音。それは、五階の間宮沙知絵にも聞こえていた。やがて、玄関の鍵が回る音がして、娘の美月が帰ってきた。男を連れて。つい先日「家庭訪問」と嘘をついてこの家にやってきた教師を連れて。

「お母さん、一生のお願いがあるの」

美月が沙知絵の目を見て言う。

「何も訊かずに、先生を今夜、ここに泊めて欲しいの」

「……」

階下で何があったのかは知らないが、志村の組員たち全員で探されたら、ここから栄の駅まで逃げることも難しいだろう。

(娘から、きちんと目を見てお願いをされるなんて、何年振りのことかしら……)

「どうぞ。ご自由に」

沙知絵はそう返事をする。

「あと、誰かがうちに来たら、先生はここにはいないって言って欲しいの」

美月が更にお願いごとを言う。

「誰か来るかもしれないの？」

「わからないけど、もし来たら」

「わからないけど、もし来たら、あなたの担任の先生はうちにはいませんと言う」

沙知絵は淡々と復唱した。そして、

「いいわ。そんなに難しいことじゃなさそうだから」

と娘の頼みを了解した。

来客は、翌朝に来た。ヤマモトだった。人探し、という雰囲気では無かった。彼はただ、志村が大怪我をしたことと、一命は取り留めたがこれからは車椅子生活になるだろうということを沙知絵に教えた。

「車椅子、ですか」

「はい」

「車椅子でも、彼は、今のお仕事は出来るんですか？」

そう沙知絵が尋ねると、ヤマモトは無表情のまま答えた。

「それは、状況的に難しいかもしれません」

「そうですか……」

それからヤマモトは、唐突にこんなことを言った。

「オヤジさんをそんな目に遭わせた犯人なんですが、岐阜の中学の教師らしいんです。調べたら、そいつの奥さんは『甍』っていう喫茶店を玉宮でやっているらしくて。それで、今日のランチあたり、自分が様子を見に店まで行くことになりました」

「様子、ですか？」

「志村のオヤジは心底怒り狂っていますからね。家族もろとも皆殺しにしろって、病院で暴れる暴れる。そんなこと、公共の場所で大声で喚《わめ》かないで欲しいんですけどね」

☆

ヤマモトの声は、隣室にいる心太と美月のところまで、クリアに聞こえていた。美月の知っているヤマモトにしては、今日の彼はとても声が大きかった。

「志村のオヤジは心底怒り狂っていますからね。家族もろとも皆殺しにしろって、病院で暴れる暴れる。そんなこと、公共の場所で大声で喚かないで欲しいんですけどね」

美月の隣りで、心太が体を強張らせた。

「でも、そんなことをしたら、組もさすがにタダじゃすみませんからね。だから、店まで自分が行って、たとえば夫婦仲がうまくいっていないってことがわかったり、そもそも気持ちはバラバラの家族だったりっていうのがわかったら、そうオヤジに報告するつもりでいます。そもそも、復讐ってやつは本人にしなければ意味がないでしょう。じゃ」

ヤマモトが帰ろうとする。

「あの」

そのヤマモトを、沙知絵が呼び止めるのが聞こえた。

「その男の人は、一人だけであの人に喧嘩を売ったんですか？　志村椎坐に、ひとりだけで？」

心配そうな声で沙知絵が尋ねる。今度は、美月が思わず体を硬くした。昨夜の物置。扉を開けられた時、咄嗟に自分は物陰にしゃがんだ。だが、本当にちゃんと隠れられていただろうか。彼に気づかれてはいなかったんだろうか。ヤマモトは、これも、彼らしからぬ大きな声で答えた。

「はい。男は一人だけでした。自分はきちんと確認しました。他には誰もいませんでした」

そう言って、ヤマモトは帰って行った。


静寂が戻る。

やがて、心太は美月に言った。

「間宮。君の周りには、優しい大人が何人もいるじゃないか」

「え？」

「君のお母さんは、君を愛してる。ただ、ちょっとだけ、表現が下手なだけだ」

「……」

そんなことを、今まで一度も言われたことが無かった。美月は何か反論したかった。でも、反論する言葉も出てこなかった。心太がそう言うなら信じたい。信じてみたい。

そう思った。それから心太は寂しそうな笑みを浮かべて言った。

「そして、今やってきた若い男の人。彼も、優しいね」

「え？　どこが？」

「彼は多分、君に気づいていた。そして、先生がここに隠れているだろうことにも気づいている。気づいていて、そして教えてくれたんだ。家族を巻き添えにしない方法を。家族を救う方法を」

そう言うと、心太は手で自分の顔を少し触った。涙が溢れそうになっているのだ。それに美月も気がついた。やがて心太は、パンパンと自分の顔を強く叩いた。それから美月に言った。

「うちの店のランチの時間になったら、電話を貸してくれ」

9

名古屋を代表する百貨店の一つ。ジェイアール名古屋タカシマヤ。ＪＲセントラルタワーズの中核施設として、二〇〇〇年三月十五日にオープン。名古屋駅の直上という利便性もあって、売り上げは全国のデパートの中でも毎年上位五位以内を維持。特に八月は、どまつり目当ての観光客増もあり、店内は連日大いに賑わう。

ているそのタカシマヤの十階催事場では、先週の金曜日から、「大北海道展」が開催されている。そして、「大北海道展」の目玉商品の一つに北見の玉ねぎがある。美桜はネット検索で何かを調べるというのが苦手だったが、今回はあまりにも簡単だった。「名古屋」「玉ねぎ」「北見」とワードを入れただけで、一発でジェイアール名古屋タカシマヤの「大北海道展」の記事が出てきたからだ。

病院からの帰り道、美桜は岐阜駅で琴子と別れた。

「今日はこのまま『グレイス』に行くね」

「あら、いつもより早いのね」

「うん、まあ。今日はお店の大掃除で」

下手な嘘をついてしまったが、琴子はあっさり騙されてくれた。

「お掃除は大切ね。綺麗なお家は気持ちが良いものね」

そう言って、一人で「甍」に帰っていく。美桜はそれを見送ってから、JRの改札に入り直し、名古屋駅まで戻った。

十階まで、激しく緊張しながらエレベーターで上がる。自分の予感が外れてくれたら良い……そんなことをずっと考えていた。

催事場入り口では、「これ、三つ買うから、安くならない?」と、海鮮珍味の瓶詰めを手に果敢に値切る客がいた。プラスチックの小皿に入った松前漬けを試食して

「美味しいわ〜」と笑顔を見せる客もいた。立派な蟹、立派な鮭、豪快にイクラの盛られた弁当などに群がる客たちもいた。それらをすべて避けて奥に進む。北見の玉ねぎ売り場は、男爵芋やトウモロコシなどと一緒に、南側の一角にあった。衿《えり》と背中に「北見の玉ねぎ」「日本一」と刺繍《ししゅう》されたオレンジ色の法被を着た男が、オニオンスライスの試食皿を手に大きな声を出していた。

「美味しいですよ。シャキシャキですよ。煮ても焼いても生でも最高。そして、あんかけパスタに使っても絶品ですよ！」

その男を見た瞬間、美桜は確信した。二十年くらいの空白では、見間違いようがなかった。美桜は、その男にゆっくりと近づいた。

「すみません。名古屋だと、あんかけスパゲティって言いません？　あんかけパスタじゃなくて」

「ああ。すみません。自分は実は出身が岐阜で、そこではあんかけパスタって……」

男は笑顔で振り返り、美桜を見て、その笑顔が消えた。

美桜は無言で男を見つめる。

男も無言になる。

やがて、美桜が追い討ちをかける。

「出身、岐阜なんですか？　もしかして、岐阜にいた時は、あんかけパスタのレシピとか作ってました？」

「……」

「料理下手の嫁さんのために、その嫁さんがやってる喫茶店のランチに出すために、あんかけパスタのレシピとか作ってました？」

「……」

「どうしてこんなところにいるのかな？　おまえ、フィリピン・パブのホステスと一緒に、遠い街に行ったんじゃないのかよ」

「……」

「一年に一度、玉ねぎを送って、それで罪滅ぼしのつもりになってたのか？」

「……」

言葉を重ねるうちに、目に涙が浮かんできた。周囲の目を気にせず、大きな声を出してしまった。握りしめた拳が震える。それを止めることは出来なかった。

「息子を、娘を、あんたのことを『世界一の男』って言ってる女を、おまえは何年放り出したと思ってるんだ？　殺すぞ、貴様！」

そう叫んだ瞬間、美桜は気がついた。

（私は、本気だ……）

それは、広中美桜の三十三年の人生で、初めての感覚だった。十メートルほど離れて立っている男。十九年前、突然家族を捨てた男。なぜ、この男が玉ねぎ農家になっているのかは知らない。どういうつもりで、元の家族にその玉ねぎを送っていたのかも知らない。なぜあの夜、あの病院にいたのか。どういう経緯で、美桜を救うために玉ねぎを投げることになったのかも知らない。そんなことを知る必要はない。知ったところで、琴子の十九年の孤独は取り戻せない。大夏の十九年も、そして美桜の十九年の孤独も取り戻せないのだ。

この期に及んで、広中心太は、美桜の父親は、まだヘラヘラと緊張感の無い笑みを浮かべていた。少なくとも、美桜にはそう見えた。ダッシュで間合いを詰める。右ストレート。心太は頭を傾けて避ける。左拳で斜め下から顎を狙う。が、それも心太は少し背を反らすだけで避ける。そして、両手でトンと優しく美桜の両肩を押すと、自分もトトトンと軽やかなバック・ステップで距離を取った。突如始まった戦いに、他の客たちは驚いた。巻き込まれないように距離を取りながら、ある程度離れるとお約束のように携帯を出して動画撮影を始める。火事現場、カーアクションに続く、美桜のバズリ動画がまた増えてしまうかもしれない。が、美桜本人は微塵《みじん》もそんなことは気にしていなかった。目の前のこの男を殴る。ぶち殺す。それだけを考えていた。

と、いきなり、心太がフッと笑った。

「美桜」

優しい声だった。名前を呼ばれただけで、美桜は一瞬、動けなくなった。心太が柔らかな声で続ける。

「美桜。確かに俺は、殺されても仕方のない男だと思う。でも、君に人殺しはさせたくないんだ」

動揺した。その動揺を、心太に見透かされるのがたまらなく嫌だった。

「クソ野郎はクソ野郎らしく振る舞いやがれ！」

心に痛みを感じながら、それでも美桜は心太を罵る。罵りながら、再びダッシュで間合いを詰める。飛び膝。躱される。足刀。心太はそれを両の掌で柔らかく受ける。ぶんぶんと両手を左右に全力で振る。心太はそれも避ける。これではまるで……まるで、父と娘が遊んでいるようだ。まだ美桜が幼かった頃、美桜はよく、近所の公園で心太とライダーごっこをして遊んだ。そんなことを思い出してしまう。

「ちょこまか逃げてんじゃねえぞ、てめえ！」

心が更に痛む。涙が出そうだ。心太は困ったような表情を浮かべ、

「ごめん。君の攻撃があんまり痛そうなんで、身体が勝手に避けちゃうんだ。俺、その……弱虫だから」

と言った。それからもう一言、付け加えた。

「あ、でも俺のお願いを一つ聞いてくれたら、黙って君に殴られても良いけど」

のぼりが複数立っていた。

「お願いだと？」

あたりを見回す。美桜から左に大股で三歩くらいのところに、のぼりが複数立っていた。

「てめえが私に、今更何をお願いしたいっていうんだ？　あ？」

言いながら「大北海道展」とカラフルに印字されたそれを、美桜は一本引き抜いた。

このくらいの長さがあれば、あの男をきっと殴れる。

「きっと君は怒ると思うんだけど」

心太は申し訳なさそうに言う。

「私はとっくに怒ってる」

美桜は、また一歩、間合いを詰める。

「でも、これは、俺の心からのお願いなんだ」

心太は、両手を大きく広げた。

「美桜。君を、この手で抱きしめたい」

☆

水田智秋は、美桜が来るより前から、同じ催事場に来ていた。

美桜が、映画監督の元谷をぶちのめしたあの夜、心太は智秋の病室にいた。大夏が刺された病室の、隣りの隣りが智秋の病室だった。

「私のせいで……とはもう言いません」

あの日、智秋は心太を呼び出して言った。

「ごめんなさいとも、もう言いません」

そう言って、智秋は笑ってみせた。心太も微笑んだ。

「そう言ってくれて嬉しい。しかも、化学室で覚醒剤を作ろうとしていた女の子が、今は日本じゅうが知っている大女優さんだなんて……先生は元担任としてとっても誇らしいよ」

「私、今、笑ってますよね？『笑顔カウント』に、ちゃんと記録してくれますか？」

「もちろんだ。間宮美月、1。きちんと記録する」

「ありがとうございます。じゃあ、頑張った私から、先生に一つお願いをしても良いですか？」

「もちろん。俺に、出来ることなら」

「先生にしか、出来ないことです」

「え……」

心太は、智秋が何を言うのか予想が付いたようで、少し緊張した顔になった。その時だった。

「いれえ！　いれえよ、姉ちゃん！」

つんざくような悲鳴が聞こえてきた。心太と智秋が同時に驚愕する。

「この声、まさか……」

大夏が登場したテレビ番組のことを、智秋は心太に連絡していた。きっと録画して何度も観ていただろう。なので、その声が大夏の声であると、心太も智秋も即座にわかった。心太はそのまま部屋を飛び出した。

そして、今日。あの夜に言い損ねたお願いをしに、智秋はここに来ていた。ジェイアール名古屋タカシマヤの十階催事場。だが、話しかけるタイミングを迷っているうちに、美桜が来てしまった。いきなりの乱闘。それを撮影し始める大勢の野次馬。今ここに割って入ると、自分もその動画に映り込むことになる……そこまで考えて、智秋は少し笑った。

そんなことは、どうでも良いことだ。私は、水田智秋である前に、間宮美月だ。間宮美月としてのけじめを、今、ここで付けたいと思った。

心太が、美桜に向かって両手を大きく広げた。

「美桜。君を、この手で抱きしめたい」

美桜は、まだ素直になれないようだ。

智秋は、前に進み出た。そして、二人に向かって声をかけた。

「こんなところじゃなくて、もっと静かなところで二人きりで話し合ってください」

美桜が振り返り、声の主が智秋であることに驚きの顔を見せた。

「心太先生は、フィリピン・パブの女の人なんか最初からいなかったと説明してあげてください。家族を守るために失踪したんだと言ってあげてください。そもそもの原因は私なんだって説明してあげてください」

「間宮……」

心太も動揺がそのまま顔に出ている。智秋は気にせず続けた。

「十九年ですよ？　十九年も離れていたら、それはもう、遠い人なんじゃないですか？　連絡を取り合えた私よりも、ずっと遠い人なんじゃないですか？　先生。優しさは遠い人にって私に教えてくれましたよね。なら、今もそうしてください。今すぐそうしてください。ここの売り場は、先生が帰ってくるまで、私が留守番してますから」

心太は立ち尽くしている。美桜も、「大北海道展」ののぼりを手にしたまま立ち尽くしている。智秋は「北見の玉ねぎ」のコーナーに入ると、レジ裏に置かれていた予備のエプロンを身につけた。

エピローグ

旧濃尾第三トンネルを抜け、更に先に進む。その後、県道から斜めに枝分かれした砂利道に進入する。

「この先行き止まり」という看板が立っているが、それは無視する。

五百メートルほど進むと、またトンネルが現れる。入り口に「この先、私有地につき立入禁止」という看板が立っている。それも無視して先に進む。

と、突然、道の輪郭がフェイドアウトするようになくなり、広く大きな窪地に突き当たる。周囲は鬱蒼《うっそう》と茂る森だが、その窪地だけは美しい逆円錐形に整地されている。

ここは、ヤマモトが浮田という政治家の黒子となって実現させた産業廃棄物処理場の予定地である。現在の見た目は、巨大な蟻《あり》地獄だ。

ヤマモトは平らな脇の部分に車を停め、携帯の画面を見ていた。ここはずっと携帯の通信圏外だったが、最近どこかに新しい基地局が出来たらしく、アンテナが一本立つようになってしまった。ヤマモトには愉快なことではない。この場所は、なるべく世界の中心から外れた場所であって欲しかった。

ＳＮＳの世界では、相変わらず、美桜の動画がバズっていた。火事現場で若い男を殴り倒している美桜。疾走する車の屋根に摑まり、運転席のドアをガンガンと叩いている美桜。どちらも見応え満点だ。だが、昨日から、新たにもう一つ、美桜のものとは正反対の地味な動画が大量に拡散されていた。名古屋のタカシマヤの「大北海道展」で、若い女が北見の玉ねぎの売り子をしているというだけの動画だ。

「美味しいですよ。ご試食、いかがですか？」

そう言って、オニオンスライスを来客に勧めている。それだけの動画だ。

コメントを見ていく。

「この子、水田智秋じゃね？」

「水田智秋にそっくり過ぎる！」

「本人としか思えない！」

「や、本人より可愛いかも！」

「うわー。まさか、双子の妹とか？」

ヤマモトは、クスリと小さく笑う。

（本物だよ。その子は、本物の水田智秋だ。俺は、その子が中学生だった時から知ってるんだ。その子がまだ、間宮美月という名前だった時から）

あの日のことを思い出す。

志村椎坐のビル。ベランダにあった外置き用の物置。あの時、ヤマモトは美月を見た。必死に物陰に隠れていたが、つま先と、髪の毛の上の方が見えた。だが、ヤマモトは見なかったことにした。既に志村はベランダから落ちていた。いや、その前に、広中心太が志村を地獄に落としていた。あの白い粉は、やつの全財産だった。それをすべて、広中心太は名古屋の夜風にぶちまけてしまった。そんな出来事の後にわざわざ美月を捕まえて何になるというのだ。だからヤマモトは気づかぬ振りをした。

数日後、間宮沙知絵が、志村のタンス預金を盗んで姿を消した。たいした金額ではない。せいぜい二千万円というところだったろう。志村は怒り狂ったが、ヤマモトには沙知絵の行動は予想通りだった。ヤマモトは沙知絵を追わなかった。手切れ金と思えば良いじゃないですかと、ヤマモトは志村を諭《さと》した。志村は脊髄に損傷を負い、下半身不随になっていた。もう愛人遊びも卒業しましょう。そうヤマモトは志村に言った。

志村は引退し、ヤマモトは志村のシマを引き継いだ。条件は二つ。覚醒剤取引の失敗で出来た借金をヤマモトが引き受けること。もう一つは、心太を探し出して殺すことだ。

が、ヤマモトは、心太も探さなかった。見つけたら殺さなければならない。それよりは、無能なふりをして、

「どこに逃げたんでしょう。全然手がかりが見つからなくて。家族とも縁を切ってしまってますし」

と言って、志村に会うたびに頭を下げることを彼は選んだ。

数年後、とある清涼飲料水の広告で、水田智秋という女優がデビューした。ヤマモトの部下たちが、テレビを見てザワザワし出した。

「この子、沙知絵さんの娘に似てませんか？　ほら。前のオヤジの愛人の」

そう噂話をする手下たちをヤマモトは一喝した。

「くだらんことを言うな！」

滅多に大声を出さないヤマモトである。部下たちは驚いた。

「その子なら、俺は何度も直接会ってる。水田智秋とはまるで似ていない。変な噂を立てて、頑張ってる子の足を引っ張るようなことはするな」

それっきり、部下たちはこの件について何も言わなくなった。


ずっと、ケリはつかないままだろう。そうヤマモトは思っていた。あの事件の真相は、ヤマモトが一人で墓まで持っていくつもりだった。だが、そうはならなかった。

間宮美月が帰ってきた。

広中心太も帰ってきた。

そして、志村椎坐は広中心太を見つけてしまった。

ヤマモトは、かつての約束を果たせと迫られることになった。

もう一度、動画を観る。

大きくなった美月が映っている。

「美味しいですよ。ご試食、いかがですか？」

そう言って、オニオンスライスを来客に勧めている。それだけの動画だ。良い動画だ。ダウンロードして、保存のボタンを押した。


遠くから、エンジン音が聞こえてきた。やがて、見慣れた黒いワゴン車が現れる。運転席から部下が降り、後部座席から志村を降ろす。もう一人の部下が後ろのハッチから車椅子を出し、そこに志村を座らせる。

「こんなところまで、ご足労、ありがとうございます」

ヤマモトが頭を下げる。

「マリオット・ホテルのお部屋は快適でしたか？」

「おう。ありがとうな。まさか、自宅が燃えちまうなんてな。でもまあ、おまえのおかげで数日だったが快適なホテル暮らしだったよ。家も保険金で建て直せるしな」

志村は上機嫌だった。それは、もちろん、ヤマモトが志村のためにデラックス・ツインの部屋を用意してやったからだけではない。

「で、捕まえたのか？」

志村の目がギラリと光る。

「はい。あそこに」

ヤマモトが、背後の逆円錐形の窪地を指す。

「え？　もう殺しちまったのか？　俺は、あいつが苦しむところを見たかったんだぞ？」

そう言いながら、志村は逆円錐形の縁まで車椅子を進める。

「いえ、まだ殺していません。その前に、オヤジには告白したいことがありまして」

「ん？」

志村が振り返り、ギョッとする。いつの間にか、ヤマモトの手に銃が握られていたからだ。

「オヤジ。あの日、あの広中って男が空にぶちまけた白い粉。あれ、シャブじゃないんです」

「何？」

「あれ、本当は小麦粉だったんです。オヤジ、あの頃、三河一派への対抗心で冷静じゃなかったでしょう？　金遣いは荒いし、シノギは細るし、それで、オヤジを嵌めて、自分は借金まみれなんだと勘違いさせて、平和に引退してもらおうと自分が絵を描いたんです。浮田先生と三河さんにもご相談して」

「な、なんだと？」

「ですからあの小麦粉は、もともと良きタイミングで私が盗んで捨てる計画だったんです。それを、あの男が乱入してきて、あなたの目の前で全部空にぶちまけてくれて……なので、広中心太はある意味私の恩人なんですよ」

「ヤマモト、貴……」

志村は、次の言葉を言わせてもらえなかった。ヤマモトが、あっさり彼を撃ったからだ。銃弾は志村の額を射抜いた。志村はゆっくり真後ろに倒れた。そのまま車椅子から落ち、ゴロリゴロリと逆円錐形の斜面を転げ落ちた。

「あんたも、復讐とか言わずにいれば、天寿を全う出来たのにな」

言いながらヤマモトは、志村の車椅子も蹴り落とした。それから、時計を見る。ちょうど、どまつりのメインステージに照明が入る時間だ。セミファイナルやファイナルが戦われる前に、まずは水田智秋主演映画の撮影が、本物のどまつりのステージで行われると聞いている。映画の主題歌が大音量でかかり、水田智秋が、ステージのセンターで踊る。五十人のダンス・エキストラをバックに。その中には、結局怪我で本番に間に合わない広中大夏の代わりに、姉の美桜もいるという。

（眩しいだろうな）

ステージを想像して、ヤマモトは思う。どまつりは、光だ。夢、情熱、故郷への愛、友情、努力、達成感……そうした正の感情がないまぜになり、太く大きな白い光となる。みんなの夢を照らす光の道になる。それが、今のヤマモトには眩しい。

かつての志村との会話を思い出す。

「自分にも夢がありまして」

「どんな夢だ？」

「日本を、元気にしたいと思いまして」

その夢は、変わっていない。そのためには力がいる。だから手に入れた。法に触れる方法だった。そして、ヤマモトの世界は狭くなった。もう、輝かしい場所には行けない。

広中心太は、どこからどまつりを見ているだろうか。自分がこっそり送ったチケットを使って、きちんと客席から見ているだろうか。広中大夏と一緒に。広中琴子と一緒に。ステージで輝く水田智秋を。そして広中美桜を見ているだろうか。

（俺は、行けないな）

だが、そのことを後悔はしていない。大切なのは、未来だ。未来で何をするか、何を成すかで、過去の価値は変わるのだ。

ヤマモトは、今撃ったばかりの銃を投げ捨てた。その銃もカタカタと斜面を転げ落ち、窪地の中央、最深部で絶命している志村椎坐のすぐ脇で止まった。

部下に指示をした。

「全部、埋めておけ」

あとがき

「息長く」「じわじわと」「でも永続的に」地元に貢献できるエンターテインメントを作りたい。

地方創生を理念とする会社・中広の大島斉社長とそう語り合い、中広さんのフリーマガジン誌上にて『女子大小路の名探偵』の連載が始まってからもうすぐ5年になります。

新型コロナウイルスの大流行で、世界じゅうがパニックに陥ったのとほぼ同時。

「エンタメは不要不急」

そんな言葉を何度も言われながらの船出でした。

その後、感染防止のためオール・リモート制作を徹底しながらのオーディオドラマ化。

名塚佳織さんによるオーディオブック化。

剛力彩芽さん主演での映画化。

そして「にっぽんど真ん中祭り」の皆様との出会い。あの熱気と興奮。そして感動。

「どまつり」をストーリーの柱にした「新章」を書きたい。そう強く思いました。

大島さんから、「どまつり」を司る公益財団法人にっぽんど真ん中祭り文化財団の水野孝一専務理事をご紹介いただきました。水野さんは、私にこう約束してくださいました。

「企画の趣旨に賛同したので、全面的に協力します。ストーリーに関して、こちらからのNGは一切ありません」

私は驚きました。

「NG、まったく無しですか？」

水野さんは笑顔で言い切りました。

「NG、まったく無しです！」

私は更に尋ねました。

「では、どまつりが中止になるストーリーでも良いのですか？」

「ＯＫです！」

「では、どまつり関係者が殺されるストーリーになってもですか？」

「ＯＫです！」

「ではでは、どまつり関係者が実は殺人犯だったというストーリーになっても良いのですか？」

「ＯＫです！　自由に、好きなように、存分に面白い小説を描いてください。あー、ワクワクしますね♡」

終始、笑顔で即答です。凄い方だなと思いました。あの日、大島さんと水野さんと三人で飲んだ酒は最高に美味でした。

こうして「新章」の企画は走り出しました。

タイトルは、『死は、ど真ん中に転げ落ちて』。

中広さんのフリーマガジン誌上にて、再びの連載開始。

河出書房さんからの出版も決定。

剛力彩芽さんを主演にした舞台化の企画も決まりました。この小説が全国の書店に並ぶその半月後には、銀座の博品館という老舗の劇場で幕が上がります。私は、そちらの脚本・演出も担当します。

「息長く」「じわじわと」「でも永続的に」

小さな雪の玉を一生懸命に転がしていると、いろいろな方がいろいろな想いをそこに足してくださり、じわりじわりとその雪玉が大きくなっていく……『女子大小路の名探偵』を始めてから、ずっとそんな感覚です。

「息長く」「じわじわと」「でも永続的に」

更に5年後も、そして10年後も、この合言葉とともに『女子大小路の名探偵』のシリーズを続けられているよう、これからも全力で頑張りたいと思います。

「新章」の連載を支えてくださった、中広の佐藤昌平さん、篠原聡さん、岡本舞さん、中川智陽さん、そして河出書房新社の尾形龍太郎さん、ありがとうございました。

舞台化の実現に尽力してくださったＡｓｋの古河聰さん、ありがとうございました。

そして、この「新章」の企画を応援いただいた企業の皆様、
●株式会社クレドインターナショナルさま
●株式会社エドテクさま
●株式会社タイヤショップ早野さま

●株式会社ＬＡＮさま
●株式会社ＪＵ岐阜羽島オートオークションさま
●エース不動産株式会社さま
●有限会社ホワイトラビットさま

ありがとうございました。

そして、最後に。
この小説を手に取ってくださった、あなた。
ありがとうございます。
『女子大小路の名探偵』という雪玉は、まだまだ転がり始めたばかりです。
ぜひこれからも、一緒に、この雪玉を押していただけたら嬉しいです。

二〇二五年一月

秦建日子

＊本書は文庫版オリジナル刊行です。

＊本書は、二〇二四年四月より一〇ヶ月間、中広が発行する、ハッピーメディア 地域みっちゃく生活情報誌®『NAGOYA FURIMO』『GiFUTO』等で掲載された企画『女子大小路の名探偵 新章』と、連動するＷｅｂサイトで連載された原稿に、大幅な加筆を施し書籍化したものです。

［執筆協力］服部いく子

死《し》は、ど真《ま》ん中《なか》に転《ころ》げ落《お》ちて
女子《じょし》大小路《だいこうじ》の名探偵《めいたんてい》

二〇二五年 二 月一八日 初版印刷
二〇二五年 二 月二八日 初版発行

著　者　秦建日《はたたけひ》子《こ》
発行者　小野寺優
発行所　株式会社河出書房新社
〒一六二－八五四四
東京都新宿区東五軒町二－一三
電話〇三－三四〇四－八六一一（編集）
〇三－三四〇四－一二〇一（営業）
https://www.kawade.co.jp/

ロゴ・表紙デザイン　粟津潔
本文フォーマット　佐々木暁
本文組版　株式会社キャップス
印刷・製本　中央精版印刷株式会社

Printed in Japan　ISBN978-4-309-42170-4

サイレント・トーキョー

秦建日子　41721-9

恵比寿、渋谷で起きる連続爆弾テロ！　第３のテロを予告する犯人の要求は、首相とのテレビ生対談。繰り返される「これは戦争だ」という言葉。目的は、動機は？　驚愕のクライムサスペンス。映画原作。

女子大小路の名探偵

秦建日子　41980-0

2023年映画公開予定！　なぜか連続女児殺害事件の容疑者にされてしまったバーの雇われ店長の大夏。絶縁状態だった姉の美桜に助けを求めるのだが…痛快エンターテインメント。

推理小説

秦建日子　40776-0

出版社に届いた「推理小説・上巻」という原稿。そこには殺人事件の詳細と予告、そして「事件を防ぎたければ、続きを入札せよ」という前代未聞の要求が……ＦＮＳ系連続ドラマ「アンフェア」原作！

アンフェアな月

秦建日子　40904-7

赤ん坊が誘拐された。錯乱状態の母親、奇妙な誘拐犯、迷走する捜査。そんな中、山から掘り出されたものは？　ベストセラー『推理小説』（ドラマ「アンフェア」原作）に続く刑事・雪平夏見シリーズ第二弾！

殺してもいい命

秦建日子　41095-1

胸にアイスピックを突き立てられた男の口には、「殺人ビジネス、始めます」というチラシが突っ込まれていた。殺された男の名は……刑事・雪平夏見シリーズ第三弾、最も哀切な事件が幕を開ける！

ブルーヘブンを君に

秦建日子　41743-1

ハング・グライダー乗りの蒼太に出会った高校生の冬子はある日、彼がバイト代を貯めて買った自分だけの機体での初フライトに招待される。そして10年後——年月を超え淡い想いが交錯する大人の青春小説。

愛娘にさよならを

秦建日子　41197-2

「ひとごろし、がんばって」——幼い字の手紙を読むと男は温厚な夫婦を惨殺した。二ヶ月前の事件で負傷し、捜査一課から外された雪平は引き離された娘への思いに揺れながら再び捜査へ。シリーズ最新作！

ザーッと降って、からりと晴れて

秦建日子　41540-6

「人生は、間違えられるからこそ、素晴らしい」リストラ間近の中年男、駆け出し脚本家、離婚目前の主婦、本命になれないＯＬ——ちょっと不器用な人たちが起こす小さな奇跡が連鎖する！　感動の連作小説。

アンフェアな国

秦建日子　41568-0

外務省職員が犠牲となった謎だらけの轢き逃げ事件。新宿署に異動した雪平の元に、逮捕されたのは犯人ではないという目撃証言が入ってきて……。真相を追い雪平は海を渡る！　ベストセラーシリーズ最新作！

マイ・フーリッシュ・ハート

秦建日子　41630-4

パワハラと激務で倒れた優子は、治療の一環と言われひとり野球場を訪ねる。そこで日本人初のメジャー・リーガー、マッシー村上を巡る摩訶不思議な物語と出会った優子は……爽快な感動小説！

KUHANA!

秦建日子　41677-9

１年後に廃校になることが決まった小学校。学校生活最後の記念というタテマエで、退屈な毎日から逃げ出したい子供たちは廃校までだけ赴任した元ジャズプレイヤーの先生とビッグバンドを作り大会を目指す！

メビウス

堂場瞬一　41717-2

1974年10月14日——長嶋茂雄引退試合と三井物産爆破事件が同時に起きたその日に、男は逃げた。警察から、仲間から、そして最愛の人から——「清算」の時は来た！　極上のエンターテインメント。

インタビューズ

堂場瞬一　41955-8

平成最初の大晦日。友人と飲んでいた作家志望の俺は、売り言葉に買い言葉でとんでもない約束をしてしまう——この本は、100人の物語（インタビュー）で繋がる！　新たな小説の手法に挑む問題作。

ブラッド・ロンダリング

吉川英梨　41947-3

ブラッド・ロンダリング——過去を消し去り、自らの出自を新しくつくりかえる血の洗浄。警視庁捜査１課へと転属となった真弓倫太郎。だが彼には知られてはいけない秘密があった……

交渉人・遠野麻衣子

五十嵐貴久　41968-8

総合病院で立て籠もり事件が発生。人質は五十人。犯人との交渉のため呼び出されたのは、左遷された遠野麻衣子だった——。ベストセラーとなった傑作サスペンスが大幅改稿の上で、待望の復刊！

交渉人・遠野麻衣子　爆弾魔

五十嵐貴久　41972-5

都内で起きた爆弾テロの犯人は、遠野麻衣子に向けて更なるテロ予告と教祖釈放を要求。必死の交渉が続く中、爆破事件により東京は大混乱に陥る……。『交渉人・爆弾魔』を改題＆大幅改稿した傑作警察小説！

交渉人・遠野麻衣子　籠城

五十嵐貴久　41979-4

喫茶店経営者が客を人質に籠城。自ら通報した犯人はテレビでの生中継を要求する。前代未聞の事態に麻衣子は困惑するが、そこにはある狙いが——。『交渉人・籠城』を改題＆大幅改稿した傑作警察小説！

トップナイフ

林宏司　41726-4

「コードブルー」など数々の医療ドラマ脚本を手がけた林宏司による、初小説。脳外科医として日夜戦う４人の医師を描く究極のヒューマンドラマ！　日テレドラマ「トップナイフ－天才脳外科医の条件－」原作。

河出文庫

最後のトリック

深水黎一郎　41318-1

ラストに驚愕！　犯人はこの本の《読者全員》！　アイディア料は２億円。スランプ中の作家に、謎の男が「命と引き換えにしても惜しくない」と切実に訴えた、ミステリー界究極のトリックとは⁉

花《はな》窓《まど》玻《は》璃《り》　天使たちの殺意

深水黎一郎　41405-8

仏・ランス大聖堂から男が転落、地上80mの塔は密室で警察は自殺と断定。だが半年後、再び死体が！　鍵は教会内の有名なステンドグラス…。これぞミステリー！　『最後のトリック』著者の文庫最新作。

最高の盗難

深水黎一郎　41744-8

時価十数億のストラディヴァリウスが、若き天才ヴァイオリニストのコンサート会場から消えた！　超満員の音楽ホールで起こったあまりに「芸術的」な盗難とは？　ハウダニットの驚くべき傑作を含む３編。

ある誘拐

矢月秀作　41821-6

ベテラン刑事・野村は少女誘拐事案の捜査を任された。その手口から、当初は営利目的の稚拙な犯行と思われたが……30億円の身代金誘拐事件、成功率０％の不可能犯罪の行方は⁉

日本の悪霊

高橋和巳　41538-3

特攻隊の生き残りの刑事・落合は、強盗容疑者・村瀬を調べ始める。八年前の火炎瓶闘争にもかかわった村瀬の過去を探る刑事の胸に、いつしか奇妙な共感が……“罪と罰”の根源を問う、天才作家の代表長篇！

グローバライズ

木下古栗　41671-7

極限まで研ぎ澄まされた文体と緻密な描写、文学的技巧を尽くして爆発的瞬間を描く——加速する現代に屹立する十二篇。単行本版に加筆・修正を加え、最初期の短篇「犯罪捜査」の改作を加えた完全版。

さざなみのよる

木皿泉　41783-7

小国ナスミ、享年43。息をひきとった瞬間から、彼女の言葉と存在は湖の波紋のように家族や友人、知人へと広がっていく。命のまばゆいきらめきを描く感動と祝福の物語。2019年本屋大賞ノミネート作。

すいか　1

木皿泉　41237-5

東京・三軒茶屋の下宿、ハピネス三茶で一緒に暮らす血の繋がりのない女性４人の日常と、３億円を横領し逃走中の主人公の同僚の非日常。等身大の言葉が胸をうつ向田邦子賞受賞、伝説のドラマ、遂に文庫化！

すいか　2

木皿泉　41238-2

独身、実家暮らしＯＬ・基子、双子の姉を亡くしたエロ漫画家の絆、恐れられ慕われる教授の夏子、幼い頃母が出て行ったゆか。４人で暮らしたかけがえのないひと夏。10年後を描いたオマケ付。解説松田青子

昨夜のカレー、明日のパン

木皿泉　41426-3

若くして死んだ一樹の嫁と義父は、共に暮らしながらゆるゆるその死を受け入れていく。本屋大賞第２位、ドラマ化された人気夫婦脚本家の言葉が詰まった話題の感動作。書き下ろし短編収録！解説＝重松清。

Q10　1

木皿泉　41645-8

平凡な高校３年生・深井平太はある日、女の子のロボット・Q10と出会う。彼女の正体を秘密にしたまま二人の学校生活が始まるが……人間とロボットとの恋は叶うのか？　傑作ドラマ、文庫化！

Q10　2

木皿泉　戸部田誠（てれびのスキマ）〔解説〕　41646-5

Q10について全ての秘密を聞かされ、言われるまま彼女のリセットボタンを押してしまった平太。連れ去られたQ10にもう一度会いたいという願いは届くのか——八十年後を描いたオマケ小説も収録！

くらげが眠るまで

木皿泉 41718-9

年上なのに頼りないバツイチ夫・ノブ君と、しっかり者の若オクサン・杏子の、楽しく可笑しい、ちょっとドタバタな結婚生活。幸せな笑いに満ちた、木皿泉の知られざる初期傑作コメディドラマのシナリオ集。

ON THE WAY COMEDY 道草 平田家の人々篇

木皿泉 41263-4

少し頼りない父、おおらかな母、鬱陶しいけど両親が好きな娘と、家出してきた同級生の何気ない日常。TOKYO FM系列の伝説のラジオドラマ初の書籍化。オマケ前口上＆あとがきも。解説＝高山なおみ

ON THE WAY COMEDY 道草 愛はミラクル篇

木皿泉 41264-1

恋人、夫婦、友達、婿姑……様々な男女が繰り広げるちょっとおかしな愛（？）と奇跡の物語！　木皿泉が書き下ろしたTOKYO FM系列の伝説のラジオドラマ、初の書籍化。オマケの前口上＆あとがきも。

野ブタ。をプロデュース

白岩玄 40927-6

舞台は教室。プロデューサーは俺。イジメられっ子は、人気者になれるのか?!　テレビドラマでも話題になった、あの学校青春小説を文庫化。六十八万部の大ベストセラーの第四十一回文藝賞受賞作。

空に唄う

白岩玄 41157-6

通夜の最中、新米の坊主の前に現れた、死んだはずの女子大生。自分の目にしか見えない彼女を放っておけない彼は、寺での同居を提案する。だがやがて、彼女に心惹かれて……若き僧侶の成長を描く感動作。

ヒーロー!

白岩玄 41688-5

「大仏マン・ショーでいじめをなくせ‼」学校の平和を守るため、大仏のマスクをかぶったヒーロー好き男子とひねくれ演劇部女子が立ち上がる。正義とは何かを問う痛快学園小説。村田沙耶香さん絶賛！

枕女優

新堂冬樹　41021-0

高校三年生の夏、一人の少女が手にした夢の芸能界への切符。しかし、そこには想像を絶する現実が待ち受けていた。芸能プロ社長でもある著者が描く、芸能界騒然のベストセラーがついに文庫化！

傷だらけの果実

新堂冬樹　41727-1

わたし、誰よりも綺麗になりたい——菊池緑、18歳。大学1年生。クラスで「ボロ雑巾」と呼ばれている少女。彼女の全身改造計画が、今、始まった。青春&狂気の極上エンターテインメント！

戦力外捜査官　姫デカ・海月千波

似鳥鶏　41248-1

警視庁捜査一課、配属たった２日で戦力外通告⁉　連続放火、女子大学院生殺人、消えた大量の毒ガス兵器……推理だけは超一流のドジっ娘メガネ美少女警部とお守役の設楽刑事の凸凹コンビが難事件に挑む！

神様の値段　戦力外捜査官

似鳥鶏　41353-2

捜査一課の凸凹コンビがふたたび登場！　新興宗教団体がたくらむ"ハルマゲドン"。妹を人質にとられた設楽と海月は、仕組まれ最悪のテロを防ぐことができるか⁉　連ドラ化された人気シリーズ第二弾！

ゼロの日に叫ぶ　戦力外捜査官

似鳥鶏　41560-4

都内の暴力団が何者かに殲滅され、偶然居合わせた刑事二人も重傷を負う事件が発生。警視庁の威信をかけた捜査が進む裏で、東京中をパニックに陥れる計画が進められていた——人気シリーズ第三弾、文庫化！

世界が終わる街　戦力外捜査官

似鳥鶏　41561-1

前代未聞のテロを起こし、解散に追い込まれたカルト教団・宇宙神瞳会。教団名を変え穏健派に転じたはずが、一部の信者は〈エデン〉へ行くための聖戦＝同時多発テロを計画していた……人気シリーズ第４弾！

著訳者名の後の数字はISBNコードです。頭に「978-4-309」を付け、お近くの書店にてご注文下さい。